JN242603

動物病院《どうぶつびょういん》のマリー ❺
とじこめられたモルモットを助《たす》けて！

タチアナ・ゲスラー 著

中村 智子 訳

Unsere Tierklinik
Meerschweinchen in Gefahr

Tatjana Geßler

Tatjana Geßler, UNSERE TIERKLINIK. Meerschweinchen in Gefahr
Copyright© 2012 by Planet Girl Verlag (Thienemann Verlag GmbH), Stuttgart/Wien
Japanese translation rights arranged with Thieneman Verlag GmbH
Through Japan UNI Agency,Inc.,Tokyo

もくじ

登場人物《とうじょうじんぶつ》＊紹介《しょうかい》

マリー

将来《しょうらい》は動物《どうぶつ》のお医者《いしゃ》さんになりたいと思っている女の子。動物《どうぶつ》が大好《だいす》きで、動物《どうぶつ》のためなら、冒険《ぼうけん》もいとわない。

マルクス

一学年上の男の子。自転車好《じてんしゃず》きの目立ちたがり屋《や》だが、動物《どうぶつ》にはやさしい。

マイケ

マリーの親友《しんゆう》で、シュタウテ牧場《ぼくじょう》の娘《むすめ》。元気で明るく、少《すこ》しがさつ。

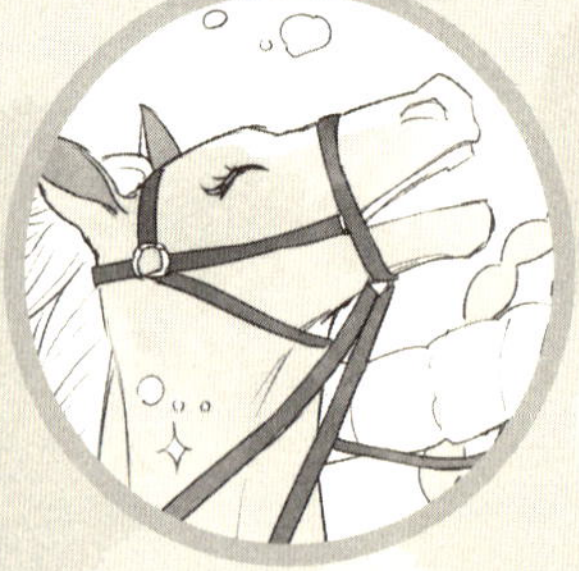

フーバーさん

マイケの馬《うま》。ハフリンガーといわれるポニーの一種《しゅ》。食《く》いしん坊《ぼう》のおっとり型《がた》。

チョコチップ

マリーの飼《か》い犬。黒白の斑点《はんてん》もようが特徴《とくちょう》で、マリーのことが大好《だいす》き。

マリーのパパ

動物《どうぶつ》のお医者《いしゃ》さん。病気《びょうき》やけがをした動物《どうぶつ》のために、いつも一生懸命《いっしょうけんめい》。

マリーのママ

いつも笑顔《えがお》のやさしいママ。お花が好《す》きで、ケーキ作《づく》りが得意《とくい》。

カールくん

ジャック・ラッセル・テリアのまざった雑種犬《ざっしゅけん》。いつも村内《そんない》を1匹《ぴき》で歩きまわって、みんなに愛《あい》されている。

ニクセとニーナ

アンゴラモルモット。ハンス・コルマー牧場《ぼくじょう》に弱《よわ》って捨《す》てられていた。2匹《ひき》には、なにか、なぞがあるようだ。

シュテファン・フーバー

パパの病院《びょういん》で働《はたら》いているやさしい男の人。マリーやマイケとも大の仲《なか》よし。

ミルバ

シュテファン・フーバーさんの猫《ねこ》。勝《かっ》手《て》で気ままだが、その愛《あい》らしさで、フーバーさんをとりこにしている。

おきざりにされた木箱《きばこ》

ハンス・コルマー牧場《ぼくじょう》の入り口で、はじめに白い木箱《きばこ》を見つけたのはマリーでした。マリーとマイケは、最初箱《さいしょはこ》に気づかず、そのまま通りすぎてしまうところでした。その日は、一度《いちど》にまとめて落《お》としたような大雪がふり、ふたりの顔にも雪が容赦《ようしゃ》なく当たって、はじけていました。

真《ま》っ白《しろ》な草原《そうげん》の上に、夜《よる》のやみが広がって、牧場《ぼくじょう》の母屋《おもや》や家畜小屋《かちくごや》にも、明かりがともり始《はじ》めた頃《ころ》でした。中庭《なかにわ》に立てかけられたモミの木が、ぼんやりとかすんで見えます。ここで、クリスマスのかざりつけを待《ま》っているのです。

氷《こおり》のように冷《つめ》たい宙《ちゅう》に、ポニーのはきだす温《あたた》かい息《いき》と体から立ちのぼる湯気《ゆげ》が、やわらかい雲のようにうかんでいました。今《いま》、マリーは、ハンスさんのポニー、ペッパーをあずかり、面倒《めんどう》を見ています。ペッパーに乗《の》って、親友《しんゆう》のマイケとともに遠乗《とおの》りに出るのは、最近《さいきん》のマリーの大きな楽しみです。

マリーは、マイケがお父さんからハフリンガー種《しゅ》のポニーをプレゼントされた日のことを思いだすたびに、笑《わら》ってしまいます。あの日、ポニーはのろのろとトラックからおりてくると、シュタウテ牧場《ぼくじょう》の中庭《なかにわ》に咲《さ》いていたタンポポにさっそくかぶりつきました！　ちょっぴり太っていて、どことなくシュテファン・フーバーさんに似《に》ていたそのポニーを、マイケとマイケのお父さんのシュタウテ氏《し》とマリーは、〝フーバーさん〟と名づけてしまいました。シュテファン・フーバーさんは、動物病院《どうぶつびょういん》でマリーのパパを手伝《てつだ》う心《こころ》やさしい男の人です。馬《うま》に自分《じぶん》の名前をつけられたからといって気を悪《わる》くするような人ではありません。いつもほがらかで、きげんが悪《わる》くなることはめったにありません。

マリーにとってシュテファン・フーバーさんはとても大きな存在《そんざい》です。マイケや村の警察官《けいさつかん》の息子《むすこ》マルクス、ハンス・コルマー牧場《ぼくじょう》の所有者《しょゆうしゃ》のハンス老人《ろうじん》、動《どう》

物《ぶつ》シェルターの責任者《せきにんしゃ》、インケン・パラスさんと同じように、マリーのもっとも大切《たいせつ》な友だちでもあります。

フーバーさんが、猫《ねこ》の調教師《ちょうきょうし》デルテさんに恋《こい》をしてからは、ますます笑顔《えがお》がたえません。デルテさんは、猫《ねこ》を連《つ》れてハンスさんの牧場《ぼくじょう》にやってきて、働《はたら》くようになったからです。若《わか》くて心《こころ》のやさしい女性《じょせい》と親《した》しくなったことは、フーバーさんにはとてもよかったようです。それからは、フーバーさんはいつもごきげんです。新《あら》たに手に入れた幸《しあわ》せを飼《か》い猫《ねこ》のミルバにもわけてやり、これまでになく甘《あま》やかしてしまいました。そのせいで、ミルバの体はどんどん丸くなり、おまけにますますフーバーさんを、いいようにあしらうようになっていました。

さて、白い木箱《きばこ》に気がついたマリーは、ペッパーを止《と》めました。それから、中《なか》味《み》を確《たし》かめようと、箱《はこ》に近づきました。チョコチップは、ポニーの背中《せなか》を飛《と》びお

りると、大声でほえながら、箱《はこ》のまわりをぐるぐるかけまわりました。いったいなにが入っているのでしょうか。マリーは、目の前に幕《まく》がおりてきたような、うす暗《ぐら》いいやな予感《よかん》におそわれました。いらなくなって捨《す》てられた動物《どうぶつ》にちがいありません！

マリーのパパ、ウェーバー先生が、ドイツのハイデルベルクの近くに動《どう》物病院《ぶつびょういん》を開業《かいぎょう》してからというもの、マリーは家《いえ》の前で、こんなふうに箱《はこ》

に入れられて捨《す》てられた動物《どうぶつ》たちをなんども見つけました。生まれたばかりの子《こ》猫《ねこ》、車にはねられた子鹿《こじか》、巣《す》から落《お》ちてしまったクロウタドリのひな、それに栄《えい》養失調《ようしっちょう》の子犬。マリーの飼《か》い犬チョコチップも、こんなふうにしてマリーのもとへやってきたのです。

パラスさんが運営《うんえい》している動物《どうぶつ》シェルターが火事《かじ》で焼《や》け、場所《ばしょ》をハンスさんの牧場《ぼくじょう》にうつしてからも状況《じょうきょう》は変《か》わりません。じゃまになった動物《どうぶつ》を手ばなす心《こころ》ない人は、あとをたちません。

マリーは、動物病院《どうぶつびょういん》や家畜《かちく》小屋《ごや》でパパの仕事《しごと》を手伝《てつだ》い、チョコチップや病院《びょういん》で飼《か》っている鹿《しか》やウサギをはじめ、入院中《にゅういんちゅう》の動物《どうぶつ》たちとすごす時間を心《こころ》から楽しんでいます。それに、動物《どうぶつ》シェルターを手伝《てつだ》うのも大好《だいす》きです。

マリーは一分《ぶん》、一秒《びょう》を大切《たいせつ》にしながら仕事《しごと》にはげんでいました。なぜなら、マリーには夢《ゆめ》があるからです。パパを見習《みなら》い、いつの日か動物《どうぶつ》のお医者《いしゃ》さん、獣医《じゅうい》になるという夢《ゆめ》です。

とはいえ、こうして無防備《むぼうび》におきざりにされた動物《どうぶつ》を見るたびに、マリーはとてもせつない気分になりました。それと同時《どうじ》に、マリーの中でおさえきれない怒《いか》りがこみあげ、胸《むね》がぎゅっとしめつけられました。

どうしてこんなひどいことができるのでしょうか？　こんな寒《さむ》い日に動物《どうぶつ》を外に出しておけば、またたくまに、凍《こご》えてしまいます。そんなことは、だれにでもすぐにわかりそうなものです。

マリーは、木箱《きばこ》とマイケの顔を順番《じゅんばん》に見ました。そのとき、マイケがなにを考えているのか、すぐにわかりました。

「ええ、そんな！　まさか、そういうこと？　マイケもそう思う？」マリーはうめき声をあげ、おびえたような表情《ひょうじょう》でマイケを見つめました。

「そうは思いたくないけど……でも、そうだよ」マイケはびくびくしながらうな

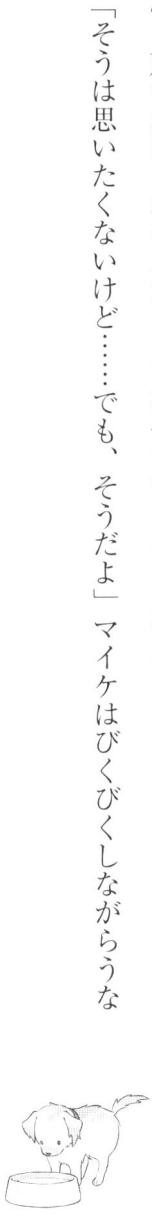

ずきました。

チョコチップが、興奮《こうふん》しながらかけもどってきました。そして、マリーの乗馬《じょうば》ズボンにぴょんぴょん飛《と》びつきました。犬は黒い丸い目でマリーを見つめています。それから、少《すこ》しばかり箱《はこ》のほうへ進《すす》むとふり返《かえ》り、またもやマリーのほうへもどってきました。そして、ふたたび箱《はこ》に向《む》かって走《はし》っていきました。ついてきて、とうったえかけているようです。

「わかったわ、チョコチップ、いっしょに行くわ！」

マリーは犬の頭をなでました。それから大きく息《いき》をはきだし、雪の上にじかにおかれた木箱《きばこ》の前にひざまずくと、ためらいました。

マリーがおじけづいているのを感《かん》じとったマイケは、はげまそうとしました。

「マリー、思っているようなことじゃないかもしれない。ちょっと待《ま》って、わたしも手伝《てつだ》うよ！」

マイケはフーバーさんの背中《せなか》から飛《と》びおり、マリーのとなりにしゃがみました。マリーにはわかっていました。『ネズミの悲劇《ひげき》』がおこってから、マイケもマリーと同じように、えたいの知れない箱《はこ》のふたを開《あ》けるのが怖《こわ》いのです。

ネズミの悲劇《ひげき》——それは、ほんの何週間か前のできごとです。ふたりは、動物《どうぶつ》病院《びょういん》の前で白い木箱《きばこ》を見つけました。ふたに小さな穴《あな》がいくつか開《あ》けられた箱《はこ》が診療所《しんりょうじょ》の前におかれたのは夜中《よなか》だったらしく、次《つぎ》の朝、少女《しょうじょ》たちがその箱《はこ》を発見《はっけん》したときには、中に入っていた動物《どうぶつ》たちは凍《こご》えて死《し》んでいました。うっかりしていたのか、わざとなのか、いずれにしても、三匹《びき》の小さなネズミの命《いのち》がうばわれたのです。

そのときのことを思いだし、マリーはかじかんだ手をぎゅっと胸《むね》におし当てました。

すると、チョコチップが前足で白い木箱《きばこ》をガリガリかきはじめました。

マイケは不安《ふあん》を消《け》しさろうとして、ひたすら話しつづけました。

「心配《しんぱい》いらないよ。こんどは、この間とはちがう。手遅《ておく》れなんてことはない。そんな気がする。箱《はこ》がおかれてから、まだそんなに時間がたっていないもの。わたしたちが出かけてから、まだ一時間もたっていない。遠乗《とおの》りに出かける前からあったなら、チョコチップがワンワンほえて教えてくれていたはず。だから、そのあとにだれかがおいていったんだよ。だいたい、中に入っているのは動物《どうぶつ》とはかぎらないよ。なにも入っていないかもしれないし、村の人からハンスさんへのプレゼントかもしれない。クリスマスのシュトレン*とか。動物《どうぶつ》だとしても、とっても元気な子たちだよ。だいじょうぶ、だいじょうぶ」

マリーは手袋《てぶくろ》をはずし、ふたをつかんでぐいぐい引《ひ》っぱりました。けれども、ふたはとれません。

「まったくもう！　だれよ、こんなことをしたのは⁉　なんのために？」マリーはぷりぷり腹《はら》を立てました。

「箱《はこ》にくぎがうってある。ドライバーかくぎぬきを使《つか》わないと開《あ》かないわ。家畜《かちく》小屋《ごや》へ行こう。鞍《くら》おき場《ば》に道具《どうぐ》があるのよ。ぼやぼやしている時間はないもの」

マリーが箱《はこ》を小脇《こわき》にかかえ、マイケが二頭《とう》のポニーを引《ひ》っぱり、みんなで家畜《かちく》小屋《ごや》に向《む》かって走《はし》りました。雪はますます強《つよ》くなり、視界《しかい》がかすんでいます。まるで、通りぬけられない壁《かべ》のようです。小屋《こや》までの距離《きょり》はそれほどないのに、はてしなく遠く感《かん》じられました。

家畜小屋《かちくごや》では心地《ここち》よいぬくもりと、動物《どうぶつ》たちがもぐもぐと口を動《うご》かし、満足《まんぞく》そうに干《ほ》し草を食べる音が広がっていました。パラスさんが、馬《うま》と片目《かため》のロバにエサをやっています。ポニーのペッパーとフーバーさんも、さっそく新鮮《しんせん》な干《ほ》し草の入ったエサ入れにかけよっていきました。きょうだけは、鞍《くら》をおろして体をふくのはあとまわしです。今《いま》は、箱《はこ》の中味《なかみ》を確認《かくにん》するほうが重要《じゅうよう》です。少女《しょうじょ》たちは

＊シュトレイン：ドイツでクリスマスシーズンに食べられる菓子《かし》パン。木の実《み》などがねりこまれている。

ポニーの背中《せなか》にさっと毛布《もうふ》をかけて、鞍《くら》おき場《ば》へ急《いそ》ぎました。

マリーの赤くなった指《ゆび》はかじかんで動《うご》きません。そのせいで、ふたの下にドライバーをさしこもうとしても、なかなかうまくいきません。それに、くぎが深《ふか》くうちつけられています。ドライバーをさしこんでもびくともしません。

「まったくもう、ちっとも開《あ》かない。急《いそ》がないと！　これでは中のようすがわからないじゃない！」マリーは文句《もんく》を言いました。

そのとき手がすべり、ドライバーの先がマリーの指《ゆび》につきささりました。燃《も》えるような痛《いた》みが左手の指《ゆび》のつけ根《ね》をかけぬけました。けれども、ここで休《きゅう》けいするわけにはいきません。ぐずぐずしてはいられません！

「痛《いた》む？」マイケは同情《どうじょう》するような表情《ひょうじょう》で、大きな切り傷《きず》を観察《かんさつ》しました。「絆《ばん》創膏《そうこう》をはったほうがいいよ。救急箱《きゅうきゅうばこ》に入っているよ。つづきはわたしがやる！」

マイケはマリーの手からドライバーをとりあげました。マリーがけがをしたのがドライバーのせいであるかのように、マイケは腹立《はらだ》たしげに、力いっぱい木箱《きばこ》にうちつけました。おかげでくぎがゆるみ、ギイギイと音をたててふたは動《うご》きだしました！　そして、不気味《ぶきみ》な音とともに、木箱《きばこ》は開《ひら》きました。

少女《しょうじょ》たちはドキドキしながら箱《はこ》の中をのぞきました。中味《なかみ》を見たその瞬《しゅん》間《かん》、ふたりは驚《おどろ》きのあまり、口がきけなくなってしまいました。

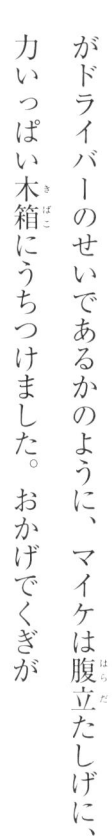

不幸中《ふこうちゅう》の幸《さいわ》い

悪《わる》い予感《よかん》が的中《てきちゅう》してしまいました。箱《はこ》はからではありませんでした。もちろん、ハンスへのプレゼントでもありません。ひどくおびえた四つの黒い丸い目が、暗《くら》い箱《はこ》の中からマリーとマイケを見つめています。チョコチップはひどく興奮《こうふん》しています。箱《はこ》の中の動物《どうぶつ》たちが助《たす》けを求《もと》めているのがわかったのでしょう。さっそく、愛情《あいじょう》をこめて、動物《どうぶつ》の体をなめ始《はじ》めました。もちろん、犬は親切《しんせつ》のつもりでやっています。けれども、マリーは犬をしかり、おしのけました。

「やめなさい、チョコチップ。まず、体の具合《ぐあい》を確《たし》かめないと。それに、あなたがいるともっと怖《こわ》がってしまう。わあ、モルモットじゃない！　二匹《ひき》もいるわ！」

チョコチップは体をふせ、あごを足にのせると、不満《ふまん》そうに、上目《うわめ》づかいにマリーをちらっと見ました。

マイケも首《くび》をふりながら驚《おどろ》いています。

「ほんとうだ！　モルモットだ。言われなければわからなかった。だって、とてもあわれな姿《すがた》なんだもん！」

マリーは一匹《ぴき》を箱《はこ》の中からそっととりだし、観察《かんさつ》しました。

「まだ生きているわ！」マリーは確認《かくにん》すると、ほっと息《いき》をはきだしました。

「そうよね、マイケ。あなたの言うとおり。この子たちの状態《じょうたい》は、とてもひどいわね。ほんとうなら、モルモットはとてもかわいらしい姿《すがた》をしているはずなのに……。ペルビアン種《しゅ》ね。

毛足が長いからアンゴラモルモットとも呼《よ》ばれているわ」

マリーは、モルモットのよごれてもつれた毛にそっとふれてみました。外気《がいき》は低《ひく》いというのに、動物《どうぶつ》の小さな体は熱《ねつ》をおびています。さわられているのにちっとも反応《はんのう》しません。それからマリーは、モルモットの体を指《ゆび》でおしてみました。すると、モルモットはかわいた咳《せき》をし、小さなくしゃみをしました。

マリーはモルモットのぼさぼさの茶色《ちゃいろ》い頭をそっとなでました。

「かわいそうに。風邪《かぜ》をひいているのね。肺炎《はいえん》をおこしているかもしれないわ」

マリーはため息《いき》をつきました。

「二匹《ひき》とも、捨《す》てられる前から病気《びょうき》だったのよ。わたしの予想《よそう》では、飼《か》い主《ぬし》は、病気《びょうき》のモルモットの世話《せわ》をするのが面倒《めんどう》だった。あるいは、治療《ちりょう》のためにお金をかけたくなかった。理由《りゆう》がどうであれ、運《うん》がよかったわ。わたしたちが三十分遅《おそ》く帰《かえ》ってきたら、凍《こご》えて死んでいたでしょうね。でも、今《いま》ならまだ間《ま》に合うと思う」

マリーは心配《しんぱい》そうなマイケを見ながら、ほかに気がついたことを伝《つた》えました。

「ここをさわってみて。皮《ひ》ふの下にかたいこぶのようなものがあるの」

マイケは近づくと、マリーがさした部分《ぶぶん》をさわってみました。

「パパに検査《けんさ》してもらわないとはっきりわからないけど、これは膿《うみ》のかたまりだと思う」

マイケは不思議《ふしぎ》そうにマリーを見つめました。

そこで、マリーは説明《せつめい》しました。

「けがをして細菌《さいきん》が皮《ひ》ふに入りこむと、膿《うみ》がたまって、こんなふうにこぶができてしまうの。きっと、この子たちはひどい飼《か》い方《かた》をされていたのよ」

「たまってしまった膿《うみ》はどうすればとれるの？」マイケはたずねました。

「注射針《ちゅうしゃばり》をさしてぬきとるか、切開《せっかい》して出すことになるはず。それよりも、風邪《かぜ》

のほうが心配《しんぱい》だわ。とてもひどそうだもの！　このままでは命《いのち》が危《あぶ》ないわ！　急《いそ》いでパパのところに連《つ》れていってあげないと」マリーはそう言うと、小さな患者《かんじゃ》を箱《はこ》にもどしました。

「うちまで馬《うま》でもどっていたら間《ま》に合わない。吹雪《ふぶき》の中を歩くのは時間がかかりすぎるわ。今夜《こんや》、ペッパーとフーバーさんはここであずかってもらって、インケンさんに車で送《おく》ってもらいましょうよ。マイケ、お願《ねが》いがあるの。二頭《とう》をボ*ックスに入れておいてくれる？　その間に、わたしはハンスさんとインケンさんに説《せつ》明《めい》してくる」

茶色《ちゃいろ》いモルモットの麻酔《ますい》のきいた皮《ひ》ふの下に、注射針《ちゅうしゃばり》がゆっくりともぐりこんでいきます。マリーはそのようすを注意深《ちゅういぶか》く見守《みまも》っていました。

マリーの悪《わる》い予感《よかん》は当たっていました。二匹《ひき》のモルモットはひどい肺炎《はいえん》にかかり、体にはいくつかの膿《うみ》のかたまりができていました。ウェーバー先生は、注《ちゅう》射針《しゃばり》で膿《うみ》をぬきとろうとしています。けれども、先生のひたいには深《ふか》いしわがよっています。これはいい印《しるし》ではありません。

「おちびさんたち、ごめんよ。小さな手術《しゅじゅつ》はさけられそうにないな。マイケ、メスをとってくれるかな?」

「了解《りょうかい》、ウェーバー先生!」マイケは大きな声で返事《へんじ》をすると、きらきら光る銀色《ぎんいろ》のするどいメスを先生に手わたしました。その間、マリーは、手術《しゅじゅつ》台《だい》にのせられた茶色《ちゃいろ》いモルモットの体をそっとおさえていました。

＊**ボックス**:馬小屋《うまごや》の長い小屋《こや》を仕切《しき》った、一頭《とう》が入るための小部屋《こべや》。馬房《ばぼう》。

「大雪で、しかもこんな寒《さむ》い日に、ハンスさんの牧場《ぼくじょう》の入り口に捨《す》てられていたんだね？」ウェーバー先生は子どもたちにもう一度確認《いちどかくにん》すると、あきれたように首《くび》をふりました。「なんてひどいことをするんだ。犯人《はんにん》は自分《じぶん》でも同じ目にあってみたらいい。無防備《むぼうび》な状態《じょうたい》で雪の中に一時間さらされるのがどういうことか！」

ひどい目にあわされた動物《どうぶつ》を見ると、先生はマリーと同じようにはげしく怒《いか》ります。マリーのゆるぎない動物《どうぶつ》への愛情《あいじょう》は、パパから受《う》けついだものなのです。

ウェーバー先生は、モルモットの体にたくみにメスを入れ、小さな切れ目から膿《うみ》をおしだしました。

「さてと、これでおしまい。もう痛《いた》い思いをしなくてもいいよ。あとは抗生物質《こうせいぶっしつ》を注射《ちゅうしゃ》するだけ。今《いま》はしっかり看病《かんびょう》をするしかない。峠《とうげ》をこえて早く元気になるよう、お祈《いの》りしよう」

マリーは驚《おどろ》いてパパを見つめました。「パパ、これでいいの？　傷口《きずぐち》はぬい合わせないの？」

マリーが診察《しんさつ》のようすをしっかり観察《かんさつ》し、いつも大切《たいせつ》な質問《しつもん》をするので、ウェーバー先生はうれしく思いました。

「この場合は、傷口《きずぐち》はふさがないでそのままにしておくんだ。そうすることで傷《きず》口《ぐち》が早くかわき、化膿《かのう》するのを防《ふせ》ぐんだよ。こうして開《ひら》いたままにしておくと、傷《きず》は内側《うちがわ》から外側《そとがわ》に向《む》かって治《なお》っていく。さて、マイケ、マリー、きみたちふたりにはとても責任重大《せきにんじゅうだい》な仕事《しごと》をお願《ねが》いするよ。二匹《ひき》のモルモットが元気になるよう、助《たす》けてあげてほしい。四時間ごとに消毒《しょうどく》してあげるんだ。それから、保温《ほおん》ランプの下において、体を温《あたた》めて、ゆっくり休ませてやってほしい。なにより、愛《あい》情《じょう》をたっぷりそそいでやるんだよ！　シュテファンやわたしの治療方針《ちりょうほうしん》をわかっているね」

フーバーさんとマリーのパパには信《しん》じていることがあります。それは、動物《どうぶつ》た

ちに愛情《あいじょう》をたっぷりそそぎ、思いやりを持《も》って接《せっ》してあげれば、病気《びょうき》やけがが早く治《なお》る、ということです。フーバーさんはこのことを、動物病院《どうぶつびょういん》でなんども証明《しょうめい》してきました。まったく望《のぞ》みのないケースで、死《し》を待《ま》つだけと思われていたのに、フーバーさんの献身的《けんしんてき》な看病《かんびょう》のおかげで、命《いのち》をとりとめた動物《どうぶつ》たちがたくさんいるのです。

愛情《あいじょう》をそそぐことなら、まかせてよ、とマリーは思いました。モルモットは人なつこくて賢《かしこ》い動物《どうぶつ》です。好《す》きになれないはずがありません。それよりも、手当てがうまくできるか心配《しんぱい》です。モルモットたちにとっては、傷口《きずぐち》を消毒《しょうどく》されるのはあまり気分のいいことではありません。きっと、はげしく抵抗《ていこう》するでしょう。

ウェーバー先生は、ためらっているマリーをじっと見つめ、やさしくだきしめました。

「きみたちふたりで力を合わせれば、きっとできるさ。動物《どうぶつ》たちの命《いのち》を救《すく》うのは、これがはじめてではないじゃないか。それに、冬休《ふゆやす》み前の今《いま》なら、ゆとりもある。これから何日間か、マイケにうちに泊《と》まってもらったらどうかな。交代《こうたい》で患者《かんじゃ》さんの面倒《めんどう》を見られるようにね。すぐにマイケのお父さんに相談《そうだん》してみるよ。その間に、自分《じぶん》の部屋《へや》に大きめのケージを運《はこ》んで準備《じゅんび》しておきなさい。一晩中《ひとばんじゅう》つきそっていられるようにね」

今《いま》、マリーの肩《かた》には重《おも》い責任《せきにん》がのしかかっています。それなのに、マリーはとても幸《しあわ》せでした。それは、本物《ほんもの》の獣医《じゅうい》になったような気がしたからです。それにマリーはずっと前から、自分《じぶん》でもモルモットを飼《か》ってみたい、と夢《ゆめ》を見ていました。けれどもすでにたくさんの動物《どうぶつ》を飼《か》っているので、パパはきっとゆるしてはくれないでしょう。こんなふうに、病気《びょうき》のモルモットの世話《せわ》をさせてもらうのがせいいっぱいです。

「ニクセとニーナ」とつぜん、マイケが言いました。「マリー、こんな名前、ど

う思う？　茶色《ちゃいろ》いのがニクセ。黒いのがニーナ」
マリーはうなずき賛成《さんせい》しました。「かわいい名前ね！　ニクセ、ニーナ、すぐにすてきなおうちを用意《ようい》してあげるからね」

はたして、ふたりはモルモットたちの命《いのち》を救《すく》えるでしょうか？　その夜《よる》、マリーとマイケは、興奮《こうふん》と心配《しんぱい》のせいで、少《すこ》しも眠《ねむ》れませんでした。モルモットがくしゃみをしたり、咳《せき》をしたり、カサコソとワラの音がするたびに、少女《しょうじょ》たちはあわてておきあがりました。そして、明かりをつけて、動物《どうぶつ》たちのようすを見ました。モルモットの容態《ようだい》は変《か》わっていません。二匹《ひき》は体をよせ合い、保温《ほおん》ランプの下でじっとしていました。干《ほ》し草も、リンゴやニンジンも、なにも食べようとしません。水飲《の》み場《ば》にも近づこうとしません。ほんとうなら、なにか口にしたほうがいいのです。そうしないと、体力《たいりょく》がつかず、あしたの朝まで持《も》ちこたえられないかもしれません。

その夜《よる》、マリーとマイケは、モルモットの傷口《きずぐち》を三回《かい》消毒《しょうどく》し、数えきれないほどなんどもようすを見ました。それに、たくさん体もなでてあげました。そうこうしているうちに外が白《しら》み始《はじ》めてくると、マイケはようやく眠《ねむ》りにつきました。

ニーナとニクセがこのまま生きのびられますように。マリーが天に短《みじか》い祈《いの》りをささげると、急《きゅう》にまぶたが鉛《なまり》のように重《おも》くなってきました。チョコチップの興奮《こうふん》もおさまり、マリーにぎゅっと体をおしつけ、眠《ねむ》りにつきました。

悩《なや》みごとや心配《しんぱい》ごとがあるときには、チョコチップの温《あたた》かい息《いき》づかいを感《かん》じるのが一番《いちばん》。マリーはそんなことを考えながら、夢《ゆめ》の世界《せかい》に落《お》ちていきました。

モルモットの言葉《ことば》

それから二日間《ふつかかん》、雪はふりつづき、夜《よる》になってようやくやみました。その翌朝《よくあさ》、太陽《たいよう》がはずかしそうに、姿《すがた》をあらわしました。青空の広がる気持《きも》ちのいい一日です。母屋《おもや》の庭《にわ》も、動物病院《どうぶつびょういん》の中庭《なかにわ》も、放牧場《ほうぼくじょう》も草原《そうげん》も、足あと一つついていないまっさらな白い雪でおおわれ、ダイヤモンドがちりばめられたじゅうたんのように、きらきらかがやいていました。

チョコチップは大喜《おおよろこ》びで、綿《わた》のようにやわらかい白い雪の上で、ころげまわったり、かけまわったりしています。雪はふきよせられてところどころ山のように高くなっています。そのせいで、犬の姿《すがた》は山のかげにかくれ、黒いしっぽの先しか見えません。

「マリー、チョコチップに鈴《すず》のついた首輪《くびわ》をつけてやればいいんじゃないかい。

そうすれば、こんな雪の中でもすぐに見つかるよ」フーバーさんはそう言ってからかうと、ウェーバー家《け》の庭《にわ》にある鳥《とり》のエサ箱《ばこ》の屋根《やね》にふりつもった雪をはらいおとしました。それから、エサ箱《ばこ》の中にたまった鳥《とり》のフンやエサの食べ残《のこ》しをとりのぞいてきれいにしました。

門のわきではクロウタドリが、羽を広げてえらそうにしています。そうじがおわるのを待《ま》っているのです。そこで、マリーはおなかをすかせた鳥《とり》に、少《すこ》しばかり食べ物《もの》を投《な》げてやりました。

マリーはこんなひとときが大好《だいす》きです。なぜなら、すぐ目の前でさまざまな鳥《とり》を観察《かんさつ》できるからです。今《いま》のように寒《さむ》い時期《じき》や、大雪がふったときには、鳥《とり》は自《じ》力《りき》でエサを見つけられません。ですから、マリーとフーバーさんは鳥《とり》たちにエサをやっているのです。そんなわけで、庭《にわ》のエサ箱《ばこ》はいつも鳥《とり》たちでにぎわっていました。

クロウタドリ、アトリ、シジュウカラ、ヨーロッパコマドリ、それにヨーロッパカヤクグリたちが集《あつ》まってきます。ウソやミソサザイ、カササギ、カケス、キツツキといっためずらしい鳥《とり》も、たびたび姿《すがた》を見せてくれます。*オートフレークやヒマワリの種《たね》、果物《くだもの》、ぬかなどは、飢《う》えている鳥《とり》たちが冬《ふゆ》を生きのびるのに貴《き》重《ちょう》な食糧《しょくりょう》です。鳥《とり》たちは寒《さむ》さから身《み》を守《まも》るために、体温《たいおん》をおよそ四十度《ど》に保《たも》たなければなりません。気温《きおん》がきょくたんにさがると、シジュウカラの体重《たいじゅう》は、一晩《ひとばん》で一割《わり》もへってしまいます。ですから、鳥《とり》たちはたくさん食べて、エネルギーをたくわえなければならないのです。

おなかをすかせた鳥《とり》たちは、木の枝《えだ》や庭《にわ》の柵《さく》や垣根《かきね》に集《あつ》まり、そわそわしています。興奮《こうふん》し、せかせかと動《うご》きまわり、うたがわしそうにチョコチップを見つめています。おいしい食べ物《もの》から、人間《にんげん》と犬がはなれてくれるのを待《ま》っているのです。

「ところで、きみたちの患者《かんじゃ》さんの具合《ぐあい》はどうかな？」フーバーさんは鳥《とり》のエサ箱《ばこ》の中にエサを入れながらたずねました。

マリーとマイケはおたがいの顔を見つめ、とまどっていました。

「それがね、よくならないの。腫《は》れもおさまり、ゆっくりだけど傷口《きずぐち》は治《なお》っていると思う。でも、これまでに水を少《すこ》し飲《の》んだだけで、なにも食べてくれない。ニーナとニクセはケージのすみっこで、じっとしているだけ」マリーはしょんぼりしました。そして、つまらなそうに氷《こおり》のかたまりをけとばしました。

ちょうどそのとき、エサ箱《ばこ》の準備《じゅんび》が整《ととの》いました。マリーとマイケとフーバーさんとチョコチップがエサ箱《ばこ》から数歩《すうほ》はなれると、とたんに鳥《とり》の群《む》れは大声をあげて集《あつ》まってきました。羽を高く持《も》ちあげ、ほかの鳥《とり》を威嚇《いかく》しながら、入れてもらったばかりのエサをついばんでいます。

フーバーさんはエサの缶《かん》のふたをしめると、せっせとエサをついばむ腹《はら》ぺこの

＊**オートフレーク**：オートムギ、カラスムギをフレーク状《じょう》にした飼料《しりょう》。

鳥《とり》たちをながめながら考えました。

「みんなできちんと話し合っているかい？」フーバーさんは少女《しょうじょ》たちにたずねました。マリーとマイケはわけがわからず、目を丸くして顔を見合わせました。フーバーさんがおかしなことを言っています。

「話し合うって？　モルモットと？　モルモットは人間《にんげん》じゃないよ。シュテファン、からかわないでよ」マイケは少《すこ》しばかり気を悪《わる》くし、シジュウカラが、ほかの鳥《とり》がくわえているヒマワリの種《たね》を横《よこ》どりするのをながめていました。それからしゃがんで雪を拾《ひろ》うと、丸めて、中庭《なかにわ》に向《む》かって力いっぱい投《な》げました。チョコチップは大喜《おおよろこ》びで、雪の玉を追《お》いかけました。

フーバーさんは首《くび》を横《よこ》にふりました。「話し合うといっても、もちろん、ほんとうに会話《かいわ》を交《か》わすわけではないよ。もののたとえさ。モルモットが人間《にんげん》の言葉《ことば》で意思《いし》を伝《つた》え合うはずはないからね」

「そんなことをしたら、おかしいよね」マイケはケラケラ笑《わら》いました。「想像《そうぞう》してみてよ。ニーナとニクセが人間《にんげん》の言葉《ことば》を話したら、どんなふうになるか！　どんなことを話すと思う？　こんな感《かん》じかなあ。『おはよう、ニーナ。具合《ぐあい》はどう？』『ちょっとはよくなったよ。それにしても、きのうのニンジンはおいしくなかったね。木みたいにかたくって、すごくまずかった』なんておしゃべりするのかも」

マイケが冗談《じょうだん》を言うと、三人は笑《わら》いました。それからフーバーさんは話をつづけました。

「でもね、モルモットにも独自《どくじ》の言葉《ことば》があるんだよ。くわしく説明《せつめい》してあげよう。その前に、ニーナとニクセの具合《ぐあい》を見せておくれ」

三人はマリーの部屋《へや》へ入りました。モルモットの容態《ようだい》は変《か》わっていません。あいかわらず、二匹《ひき》ともケージのかたすみでじっとしていて、ほとんど動《うご》きません。

フーバーさんは身《み》を乗《の》りだして、しばらくの間、モルモットを観察《かんさつ》していました。

「モルモットは、英語《えいご》では〝ギニー・ピッグ〟、ドイツ語《ご》では〝メーアシュヴァインヒェン〟と呼《よ》ばれているんだ。ギニアのブタ、海の小さなブタという意味《いみ》だよ。どうして、こんなに愉快《ゆかい》な名前がつけられたと思う？」フーバーさんはモルモットから目をはなさずにたずねました。

マリーとマイケは肩《かた》をすくめ、首《くび》を横《よこ》にふりました。マリーは、すぐに答えられない自分《じぶん》を、ちょっぴりはずかしく思いました。将来《しょうらい》、優秀《ゆうしゅう》な獣医《じゅうい》になりたければ、動物《どうぶつ》に関《かん》する知識《ちしき》をたくさん持《も》ちあわせていなければならないからです。

マリーは今《いま》まで、モルモットの名前の由来《ゆらい》を考えてみたことがありませんでした。

「ヨーロッパでモルモットが飼《か》われるようになったのは十六世紀《せいき》のことで、スペイン人が南《みなみ》アメリカから持《も》ち帰《かえ》ったのが始《はじ》まりなんだ。海をこえてヨーロッパ大《たい》陸《りく》にわたってきた動物《どうぶつ》は、キーキー、ブーブー、とブタのような奇妙《きみょう》な声で鳴《な》い

ていたから、〝海の小さなブタ〟と名づけられたんだ」フーバーさんはあいかわらずモルモットを見つめながら説明《せつめい》しました。

「そう、モルモットの言葉《ことば》に話をもどそう。モルモットは、あまりにも弱《よわ》ってしまったせいで、なかなか体力《たいりょく》がもどらないのだろう。それに、ひどくおびえている。だけど、きみたちと話せるようになれば、すぐに回復《かいふく》に向《む》かうよ」

フーバーさんはニクセの頭をなでようとしました。ところが、ニクセは怖《こわ》がって、さっと首《くび》をすくめると、グルグルと小さな声で鳴《な》きました。

「怒《おこ》っているのかな。満足《まんぞく》しているときや、きげんがいいときにもよく似《に》た音をたてるんだよ。ときどき、ヤギのようにぴょんと飛《と》びあがることもあるんだ。うれしいからそうするんだよ。エサをねだるときにも、モルモットの多くが、ピーピーって声をあげるんだ。それはちょっぴり、お湯《ゆ》がわいたのを知らせるヤカンの音と似《に》ているよ。モルモットは、こういった音を人間《にんげん》にだけしか出さないんだよ。わしもモルモットを飼《か》っていたことがあるのだが、冷蔵庫《れいぞうこ》を開《あ》けるたびに、キュイキュイって鳴《な》いていたよ。中にニンジンが入っているのを知っていたんだね。それから、うちに帰《かえ》ってきたときに口笛《くちぶえ》をふいてあいさつをすると、いつも返事《へんじ》をしてくれたよ」

「それって馬《うま》のフーバーさんみたい」マイケは、チョコチップの体をなでながら言いました。「わたしが納屋《なや》に入って名前を呼《よ》ぶと、いつもヒヒーンって返事《へんじ》をするんだよ。ニンジンやリンゴをもらえるのがうれしいからなんだね」

シュテファン・フーバーさんはうなずき、説明《せつめい》をつづけました。「モルモットがうなったり、歯《は》をカチカチ鳴《な》らしたりするのは、仲間《なかま》や人間《にんげん》に恐《おそ》れを感《かん》じているからさ。そんなときには頭を低《ひく》くして、そっとしておいて、とうったえる。こういったジェスチャーの意味《いみ》がわかってもらえないと、音はさらにはげしくなっていくんだよ。モルモットが威嚇《いかく》する行動《こうどう》はこれだけだ。そっとしておかないと、

かみつくぞ、と言っているんだよ」

フーバーさんは立ちあがり、大きく息《いき》をはきだしました。「とはいえ、この子たちが元気をとりもどせないのは、きみたちのせいじゃないよ。自分《じぶん》をせめることはない。きみたちは、やるべきことはやったんだ。傷口《きずぐち》を消毒《しょうどく》し、体を温《あたた》め、水とエサを与《あた》え、愛情《あいじょう》をたっぷりそそいでやった。だけど、この子たちはほかに大きな問題《もんだい》をかかえているような気がするな。きみたちの説明《せつめい》と、この容態《ようだい》から想像《そうぞう》するに、ニーナとニクセは、これまでひどい生活《せいかつ》を送《おく》ってきたんじゃないかな。いじめられてきたのかもしれない。だから、人間《にんげん》を信頼《しんらい》していないんだよ。さっき、わしが頭をなでようとしたら、ニクセはさっと頭を引《ひ》っこめただろう？　この子は人間《にんげん》を怖《こわ》がっている。それもひどく怖《こわ》がっている。こんなふうに不信感《ふしんかん》をいだいているうちは、なかなか元気にならないだろうなあ」

マリーはフーバーさんに言われたことをじっくり考えました。

「どうしたら、モルモットたちは明るい気分になれるかしら？　ここなら安心《あんしん》できる、意地悪《いじわる》な人はいない、ってわかってもらうには、どうしたらいいの？」

フーバーさんは、ほほえんではげましました。

「シュテファンは、やっぱりおかしいと思われるかもしれないけれど、モルモットと話し合うのさ。しばらくモルモットの体をさわらないようにしてごらん。今《いま》のように体をなでられていると、不安《ふあん》なんだろうな。さわるのは、傷口《きずぐち》を消毒《しょうどく》するときだけにしてごらん。この子たちにとっては、人間《にんげん》の手は大きな災《わざわ》いなんだ。苦痛《くつう》なのかもしれない。この子たちがどのような体験《たいけん》をしたのか、だれにもわからない。少《すこ》しばかりはなれたところから話しかけたり、ググググって音をたてたりしてごらん。なにも悪《わる》いことはおこらない、だいじょうぶだよ、って安心《あんしん》させてあげるといい。わしには、モルモットをそんなふうになぐさめてあげたこと

がないから、ほんとうにうまくいくか自信《じしん》はないけれど、やってみる価値《かち》はあると思うよ」

フーバーさんはマリーとマイケに別《わか》れを告《つ》げると、たくさんの仕事《しごと》とおなかをすかせた馬《うま》たちの待《ま》つ家畜小屋《かちくごや》へもどっていきました。

さて、少女《しょうじょ》たちはケージから少《すこ》しばかりはなれた場所《ばしょ》にこしをおろしました。マリーとマイケは、さっそくニーナとニクセに話しかけ、安心《あんしん》させようとしました。おたがいのことがおかしく思えましたが、なんどもググググと声を出してみました。ふたりはクスクス笑《わら》いました。それでもつづけました。なにしろ、モルモットたちの容態《ようだい》は深刻《しんこく》な状態《じょうたい》なのですから。

午後《ごご》、学校からもどってくると、ふたりは宿題《しゅくだい》をすませ、すぐにモルモットに話しかけました。馬《うま》のフーバーさんとペッパーの散歩《さんぽ》は、きょうは中止《ちゅうし》です。モルモットたちの健康《けんこう》のほうが重要《じゅうよう》だからです。

「こんなところをマルクスが見たら、なんて言うかな？」マイケはにっこりしました。

マリーは少《すこ》しばかり考えてから答えました。「マルクスも同じことをすると思うな。だって、マルクスは自分《じぶん》のウサギをとてもかわいがっているでしょ。大切《たいせつ》なウサギの命《いのち》を救《すく》うためなら、マルクスだってやれることはなんでもやるはずよ。きっとそうよ」

前の晩《ばん》にあまり眠《ねむ》れなかったせいで、ふたりはつかれきっていました。そこで、夕食《ゆうしょく》がすむと、少《すこ》し早めにベッドに入りました。

それから少《すこ》しばかりモルモットに話しかけると、それほどたたないうちに、マイケは寝入《ねい》ってしまいました。チョコチップはマリーにぎゅっと体をおしつけ、なでてもらいました。チョコチップの安《やす》らかな息《いき》づかいが、マリーの気持《きも》ちを落《お》

ちつかせてくれました。やがて、マリーもゆっくりと夢《ゆめ》の世界《せかい》に、すべるように落《お》ちていきました。

それからしばらくして、マリーははっと目を覚《さ》ましました。夢《ゆめ》を見ていたのでしょうか？　それとも、ほんとうになにかが聞こえたのでしょうか？　マリーは静《しず》まり返《かえ》った部屋《へや》の中で聞き耳を立てました。

「マイケ、おきて！」

マリーは興奮《こうふん》し、マイケの腕《うで》をゆすりました。マイケの意識《いしき》はもうろうとして

いました。マイケは体をおこし、眠気《ねむけ》まなこをこすりました。夢《ゆめ》の世界《せかい》からなかなか現実《げんじつ》の世界《せかい》にもどれません。

ほら！　やっぱり聞こえる！　マリーには今《いま》、しっかりと聞こえました。やはり夢《ゆめ》ではありません。

「ニクセ！」マリーはさけぶと、うれしさのあまり、チョコチップをぎゅっとだきしめました。

「ついにやったわ。峠《とうげ》をこえたのよ。たった今《いま》、ニクセが大きな声で、はっきりとキュッキュッて鳴《な》いたの！」

魚の池で大事件《じけん》

次《つぎ》の朝、フーバーさんの予想《よそう》どおり、モルモットたちはいくらかリンゴを食べました。あいかわらず注意深《ちゅういぶか》く、人間《にんげん》を怖《こわ》がっているようです。けれども、ケージの中を歩きまわったり、ためらいながらもマリーとマイケに近づいてくるようになりました。時間の経過《けいか》とともに、少女《しょうじょ》たちへの信頼《しんらい》も増《ま》してきたようです。

やがて、マリーとマイケがケージに近づいても、身《み》をすくめることもなくなり、傷口《きずぐち》を消毒《しょうどく》されても、じっとしているようになりました。

「そうか、きみたちは、モルモットのセラピスト*になったんだ」

その日の午後《ごご》、少女《しょうじょ》たちからモルモットの話を聞いたマルクスが、ふたりを冷《ひ》やかしました。マイケはマルクスをキッとにらみつけました。するとマルクスはちょっぴり身《み》をすくませ、すぐにまじめになって話し始《はじ》めました。

「冗談《じょうだん》はさておき、シュテファンの動物《どうぶつ》についての知識《ちしき》はほんとうにすばらしいね。それに、そのアドバイスをもとに、モルモットの命《いのち》を助《たす》けたきみたちもりっぱだよ。ほんとうにそう思う。ぼくは、シュテファンときみたちをとっても尊敬《そんけい》しているよ」

馬《うま》のテンポについていこうと、マルクスは必死《ひっし》になって自転車《じてんしゃ》のペダルをこいでいます。モルモットのセラピストとからかわれた仕返《しかえ》しに、マイケはフーバーさんをかりたて、スピードをあげました。そんなことをされると、マルクスは、さらに力をこめて自転車《じてんしゃ》をこがなければなりません。

二頭《とう》の馬《うま》は、前の日に散歩《さんぽ》ができなかったせいで、力がありあまっています。フーバーさんもペッパーも、粉雪《こなゆき》の中を全力《ぜんりょく》でかけぬけました。雪がけむりのようにに立ちのぼります。マリーはペッパーの背中《せなか》の上で、ふり落《お》とされないよう、

＊セラピスト：精神療法《せいしんりょうほう》、心理療法《しんりりょうほう》をおこなう人。

チョコチップをやさしくだきしめました。

ほんの少《すこ》しの間、マリーは目をとじて、幸《しあわ》せをかみしめました。それから、冬《ふゆ》の青空にうかぶ、きらきら光る絹《きぬ》の糸のような雲を見上げました。澄《す》んだ空気《くうき》は、ひんやりとした小川の水のように新鮮《しんせん》です。なんてすてきな午後《ごご》でしょう。マリーの胸《むね》の内側《うちがわ》に、温《あたた》かいものが広がっていきます。

ニーナとニクセは回復《かいふく》に向《む》かっています。それに、もうじきクリスマスです。冬休《ふゆやす》みに入れば、友だちや動物《どうぶつ》たちとずっといっしょにいられます。けれども、このときのマリーは、これから自分《じぶん》が恐《おそ》ろしい事件《じけん》に巻《ま》きこまれようとは、想像《そうぞう》もしていませんでした。

風が木の枝《えだ》に積《つ》もった雪をやさしくなでると、粉雪《こなゆき》が宙《ちゅう》へ舞《ま》いあがりました。

「ニーナとニクセは元気になったらどうなるの？」マルクスは、ハアハアと息《いき》を切らしながらたずねました。

少女《しょうじょ》たちが馬《うま》の手綱《たづな》を引《ひ》いてスピードをゆるめたので、マルクスもなんとかついてこられるようになりました。

マルクスの顔はすっかり熱《あつ》くなり、グレーの毛糸の帽子《ぼうし》の下で、熟《う》れたトマトのように真《ま》っ赤《か》になっていました。

マリーは、マルクスの力が回復《かいふく》するよう、馬《うま》をゆっくり歩かせました。

「新しい飼《か》い主《ぬし》が見つかるまで、動物《どうぶつ》シェルターに入ることになると思

う。マイケとわたしで飼《か》えたらいいんだけど」マリーは自分《じぶん》の気持《きも》ちをうちあけました。

「マリー。うちの診療所《しんりょうじょ》で手当てした動物《どうぶつ》をすべて飼《か》っていったら、じきにここはみごとな動物《どうぶつ》園になってしまうよ」マイケがウェーバー先生の口まねをしたので、三人は笑《わら》いました。

「今《いま》だって動物《どうぶつ》園みたいじゃないか。二匹《ひき》のモルモットが加《くわ》わったところで、なんの問題《もんだい》もないよ」マルクスはにこにこしながら言いました。ところが、とつぜん、なんの前ぶれもなく急《きゅう》ブレーキをかけました。

「止《と》まって」マルクスは大声をあげると、耳を澄《す》ましました。「ねえ、聞こえる？」

雪の静《しず》けさの中で、マルクスはたずねました。

目の前には、厚《あつ》い氷《こおり》のはった魚の池が静《しず》かに眠《ねむ》っています。凍《こお》りついた水面《すいめん》は、太陽《たいよう》の光に照《て》らされて、みがきたての銀《ぎん》の食器《しょっき》のように、ぴかぴか光っていました。岸辺《きしべ》にはマガモの一行《いっこう》が、グワグワと声をあげながらうずくまり、何羽《なんわ》かの鳥《とり》は、夢中《むちゅう》になって、残《のこ》り少《すく》ないアシの種《たね》をさがしています。アシの茎《くき》は鳥《とり》に引《ひ》っぱられ、下に大きくたわんでいました。

「ええ、聞こえる！」こんどはマリーが興奮《こうふん》し、大声をあげました。「犬の声！クンクン鳴《な》いたりワンワンほえたりしている。悲鳴《ひめい》のような声よ。どうしよう、助《たす》けてほしいのよ！」

三人の友だちは、きょろきょろとあたりを見まわし、犬をさがしました。

「池の反対側《はんたいがわ》のはずれのほうから聞こえてくる」マリーは推測《すいそく》すると、ペッパーの背中《せなか》からチョコチップをおろしました。

「さあ、行くのよ。声の主《ぬし》をさがしてちょうだい！」

チョコチップは、はりきっています。自分《じぶん》が役《やく》に立てるとわかると、がぜんやる気が出てきます。仲間《なかま》の犬が助《たす》けを呼《よ》んでいるとなれば、ますますテンション

が上がります。チョコチップは雪の表面《ひょうめん》すれすれに鼻《はな》を近づけ、においをかぐと走《はし》りだしました。

マリーが想像《そうぞう》したとおり、チョコチップは、池の反対側《はんたいがわ》のはずれまで走《はし》ってい
き、ワンワンほえました。どうやら声の主《ぬし》を見つけたようです。

少女《しょうじょ》たちはポニーをかりたて、犬のほうへ急《いそ》ぎました。おいしげるアシをふみわけて進《すす》んでいくと、やがて、見えてきました。ジャック・ラッセル・テリアの雑種犬《ざっしゅけん》が、池の中でもがいています。岸《きし》から何メートルかはなれた水面《すいめん》は、氷《こおり》の層《そう》がまだじゅうぶんに厚《あつ》くなっていません。そのせいで、犬がそこまで行ったところで足元《あしもと》の氷《こおり》がわれ、水の中に落《お》ちてしまったのです。

水面《すいめん》からは、犬の頭と前足がのぞいています。けれども、体の残《のこ》りの部分《ぶぶん》は冷《つめ》たい水の中につかって見えません。犬は、必死《ひっし》になって氷《こおり》の表面《ひょうめん》に前足をかけて、つかまろうとしています。けれどもどんなにがんばっても、つるつるすべっては

いあがれません。はげしくもがくせいで、今《いま》にも沈《しず》んでしまいそうです。

そのとき、ぼうぜんとしていたマリーの意識《いしき》に、一つの事実《じじつ》が矢《や》のようにつきささりました。すぐに助《たす》けないと、おぼれてしまう！　このままでは、凍《こご》え死《し》んじゃう！


「この犬、カールくんだよ！」マイケがつまったような声でさけびました。

カールくんは、いつもひとりで村の中をうろつき、地域《ちいき》のメス犬を訪問《ほうもん》していることで有名《ゆうめい》な犬です。カールくんの飼《か》い主《ぬし》の女性《じょせい》は足が不自由《ふじゆう》なために、ひんぱんには散歩《さんぽ》へ出られません。そこでカールくんは、こっそり家《いえ》をぬけだし、ひとりで散歩《さんぽ》を楽しんでいるというわけです。村の人ならだれでも、カールくんを知っています。みんな、元気で明るい性格《せいかく》の、この脱走犬《だっそうけん》のことが大好《だいす》きです。村の中をパトロール中のカールくんに出くわすと、だれもが笑顔《えがお》になります。カールくんも心得《こころえ》たもので、人《ひと》の心《こころ》をなごませるような視線《しせん》を投《な》げかけ、上手《じょうず》に人間《にんげん》

にとりいります。あっちでなでてもらい、こっちでおいしいおやつをもらい、脱《だっ》走《そう》を楽しんでいるのです。

カールくんは賢《かしこ》い犬なので、パトロールのときにはいつも慎重《しんちょう》に歩道《ほどう》を歩いています。そんなわけで、カールくんが交通事故《こうつうじこ》にあうのを心配《しんぱい》している人はいませんでした。けれども、そんな注意深《ちゅういぶか》い犬が、よりによって氷《こおり》がわれて池に落《お》ちるとは……。こんな事件《じけん》がおころうとは、だれもが想像《そうぞう》していませんでした。マリーは、ジャック・ラッセル・テリアは猟犬《りょうけん》で、狩《か》りをする習性《しゅうせい》があるのを知っています。きっと、カールくんはカモをつかまえようとして、氷《こおり》の上まで追《お》いかけていったのでしょう。

マルクスは、雪の中に自転車《じてんしゃ》を投《な》げだし、すばやくけいたい電話《でんわ》をとりだしました。

「父さんに知らせるよ。すぐに消防署《しょうぼうしょ》に連絡《れんらく》してくれるから！」マルクスはさけびました。

　マリーは悲《かな》しそうに首《くび》をふりました。

「お願《ねが》い、知らせて！　でも、消防隊員《しょうぼうたいいん》が到着《とうちゃく》するまで待《ま》っていたら、手《て》遅《おく》れになってしまうかも。カールくんがいつ池に落《お》ちたのか、どれくらい弱《よわ》っているか、だれにもわからないのよ。水面《すいめん》から顔を出せなくなってしまったら、冷《つめ》たい水に沈《しず》んでしまう。そうなったらおしまいよ。ぼんやり待《ま》ってなんかいられない。わたしたちでカールくんを救《すく》ってあげないと」

　チョコチップはカールくんの力になろうと、氷《こおり》の上に走《はし》っていこうとしました。けれどもマリーは、あわてて首輪《くびわ》をつかみました。

「危《あぶ》ない！」マリーはチョコチップをしかりつけました。

「ここにいなさい。あなたまで失《うしな》うわけにはいかないわ」マリーは犬をリードにつなぎ、木にしばりつけました。

「どうするつもり？　その、どうやってカールくんを助《たす》けるの？」マイケは信《しん》じられないといった表情《ひょうじょう》でたずねました。

マリーはペッパーの綱《つな》も木に結《むす》ぶと、注意深《ちゅういぶか》く岸辺《きしべ》に近づいていきました。

「カールくんが落《お》ちたところまでは、水もそれほど深《ふか》くないわ。最悪《さいあく》のことがおきても、あそこならまだ足がつく。氷《こおり》がわれても、危険《きけん》はそれほどなさそうよ。それに、じきに消防隊員《しょうぼうたいいん》も到着《とうちゃく》するわ。毛布《もうふ》や熱《あつ》いお茶《ちゃ》を用意《ようい》してくれているはず。万が一のことがあってもだいじょうぶ。これから、体重《たいじゅう》が一か所《しょ》に集中《しゅうちゅう》しないよう、氷《こおり》の上に横《よこ》になって、わたしたちで長いはしごのようなものを作《つく》るのよ。そして、カールくんに近づいて、氷《こおり》の穴《あな》から引《ひ》っぱりあげるの。わたしが先頭《せんとう》を進《すす》むわ。急《きゅう》に動《うご》かないようにして、静《しず》かにはっていけばだいじょうぶよ。マイケ、あなたも腹《はら》ばいになって、わたしについてきて。そして、わたしの足を穴《あな》に向《む》かってそっとおして。マルクスは岸《きし》に残《のこ》って、マイケの足首《あしくび》をしっかりつかんでいて」

マリーは、凍《い》てつくように冷《つめ》たい水の中に落《お》ちる自分《じぶん》の姿《すがた》を想像《そうぞう》し、身《み》ぶるいしました。けれども、カールくんを助《たす》けだすには、ただちに行動《こうどう》しなければなりません。犬をしっかりつかめるよう、はめていた手袋《てぶくろ》をはずし、マリーは氷《こおり》の上で注意深《ちゅういぶか》く腹《はら》ばいになりました。

メリッと気味《きみ》の悪《わる》い音がしたので、マリーはぎくっとし、少《すこ》しばかりいやな気分になりました。けれども、氷《こおり》はわれずに持《も》ちこたえています。

「マリー、わたし、怖《こわ》い」マイケは声をふるわせながら、正直《しょうじき》な気持《きも》ちを告白《こくはく》しました。「水に落《お》ちたらどうするの？　消防隊員《しょうぼうたいいん》の到着《とうちゃく》が遅《おく》れてしまったら、あなたまで凍《こご》えてしまう。わかっているの⁉」

マルクスは、けいたい電話《でんわ》をポケットにしまうと、マイケを落《お》ちつかせようとしました。

「消防隊員《しょうぼうたいいん》はじきに到着《とうちゃく》するって。それに、ここからならすぐに動物病院《どうぶつびょういん》へも行

けるよ。ぼくもマリーと同じ考えだ。そんなに危険《きけん》はないと思う。最悪《さいあく》のことがおこってもだいじょうぶだよ、きっと。それとも、ほかにもっといい方法《ほうほう》がある？カールくんがおぼれる姿《すがた》を、なにもしないで見ているなんて、ぼくにはできないよ！　さあマイケ、氷《こおり》の上に腹《はら》ばいになって、マリーの足をおすんだ。そしてぎゅっとつかむ。心配《しんぱい》するな、きみの足はぼくがしっかりつかんでいるよ。いつでも岸《きし》に引《ひ》っぱりあげられるようにね。ぼくらには、きっとできるさ」

カールくんは興奮《こうふん》し、鼻《はな》を鳴《な》らしたりほえたりしていました。体の力がみるみるうちになくなっていくのがわかります。氷《こおり》がわれた地点《ちてん》まで、まだ少《すこ》しばかり距離《きょり》があります。穴《あな》からは、犬の上半身《じょうはんしん》がのぞいています。

「マイケ、おして！　もっとカールくんに近づかないと！」マリーは絶望的《ぜつぼうてき》な声をあげました。「手がとどかない。早くしないと沈《しず》んでしまう。そうなったらおしまいよ！」

カールくんがもがき苦《くる》しんでおぼれる姿《すがた》を想像《そうぞう》すると、気がおかしくなりそうです。マリーは目にいっぱいなみだをためていました。けれども、自分《じぶん》でもわかっていました。こんなときこそ、冷静《れいせい》でいなければなりません。

マイケは全身《ぜんしん》の力をこめて、マリーをカールくんの方向《ほうこう》へおしました。マリーはウナギのように体をくねらせて前へ進《すす》みました。そして、寒《さむ》さのせいで感覚《かんかく》のほとんどなくなってしまった両手《りょうて》をカールくんにのばしました。

「カールくん、がんばって！」マリーは祈《いの》るように言うと、なみだをのみこみました。「すぐに、助《たす》けてあげるからね。約束《やくそく》する。それまで、もう少《すこ》しのしんぼうよ」

マリーの言葉《ことば》が伝《つた》わったのでしょうか。そのとき、カールくんの体が少《すこ》しばかりうきあがりました。

そこで、マリーは犬の前足をつかもうとしました。すると氷《こおり》がきしみ、ギシギシ、メリッメリッと不気味《ぶきみ》な音をたてました。おなかの下の氷《こおり》がわれようとしているのでしょうか？　マリーは驚《おどろ》き、顔をあげました。たとえほんの一瞬《いっしゅん》とはいえ、とまどったせいで、とんでもないことになってしまいました。次《つぎ》の瞬間《しゅんかん》、カールくんは氷《こおり》の表面《ひょうめん》から冷《つめ》たい水の中に姿《すがた》を消《け》してしまいました。

カールくんの救出《きゅうしゅつ》

「だめよ！　カールくん、待《ま》って！」マリーはさけびました。

マリーのさけび声は、池《いけ》に投《な》げられた小石が水にのみこまれるように、くぐもった音で、厚《あつ》い雪の中にすいこまれていきました。マリーをとりまくすべてのものが、止《と》まってしまったように思われました。息《いき》ができません。それに、なにも考えられません。

マリーは絶望的《ぜつぼうてき》な気分になりました。足をじたばたさせてマイケの手からのがれると、カールくんが消《き》えかかっている氷《こおり》の穴《あな》のふちまで、一気に体をすべらせました。小さな犬は冷《つめ》たい水の中に沈《しず》みかかっています。それでも、手足をバタバタ動《うご》かし、もう一度《いちど》、水面《すいめん》から顔を出しました。

「マリー、どうするつもり⁉」マイケはあわてふためいて悲鳴《ひめい》をあげました。そ

して、体を前へすべらせて、ふたたびマリーの足をつかもうとしました。マルクスは岸辺《きしべ》にしゃがみ、マイケの足首《あしくび》をしっかりつかんでいます。力を入れれば作戦《さくせん》を成功《せいこう》させられるかのように、さらにぎゅっと強《つよ》くにぎりました。

マリーは冷《つめ》たい水の中に勇敢《ゆうかん》に手をつっこむと、犬をさがしました。ジャケットのそでが、スポンジのように、またたくまに水をすいあげていきます。それも、氷《こおり》のように冷《つめ》たい水を！　ところが、いくら手さぐりしても犬の体にも、首輪《くびわ》にも、足にも、なにもふれません！　カールくんは深《ふか》く沈《しず》んでしまったようです。

マリーは不安《ふあん》でいっぱいになりながら、肩《かた》まで腕《うで》をつっこみ、さらに水の中をさぐりました。マリーの手に、さすような冷《つめ》たさがおそいかかります。何億《なんおく》もの小さな氷《こおり》の牙《きば》が、つきささっているかのようです。あまりの痛《いた》みに、気が遠くなりかけました。

「マリー、やめて！　カールくんはいなくなっちゃった。もう、どうすることもできないよ。このままでは、マリーも危《あぶ》ない！」マイケはさけびました。

けれどもマリーにはあきらめられません。胸《むね》が強《つよ》くしめつけられて、おしつぶされてしまいそうです。この胸《むね》の痛《いた》みは、氷《こおり》の牙《きば》が残《のこ》した傷《きず》より、はるかにつらく感《かん》じられました。

そこでマリーは思いきった行動《こうどう》にでました。パパとママに知れたら、大目玉を食《く》らうことでしょう。けれども、今《いま》はそんなことを考えている場合《ばあい》ではありません。カールくんの命《いのち》がかかっています！

マリーはかぶっていた帽子《ぼうし》をとると、深《ふか》く息《いき》をすいこみ、呼吸《こきゅう》を止《と》めました。そして、頭を池の中につっこみました。

マイケは心臓《しんぞう》が止《と》まりそうなほど驚《おどろ》きました。

マルクスは恐怖《きょうふ》で体をこわばらせ、きょろきょろし、消防隊《しょうぼうたい》が来《き》ていないかさがしました。

マリーには、なにも見えませんでした。氷《こおり》のように冷《つめ》たい水の中では、目を開《あ》けられないからです。ドクドクとにぶい音をたてて流《なが》れる血液《けつえき》の音が、耳の中でひびいています。あまりの冷《つめ》たさに、頭が破裂《はれつ》してしまうのではないかと不安《ふあん》になりました。

「マリー、お願《ねが》い！　もうやめて！　あなたまで死《し》んじゃう」

マイケの声がはるか遠くから聞こえてきます。ちがう星からとどくささやき声のようです。けれどもマリーは、心配《しんぱい》する親友《しんゆう》の声には耳をかたむけませんでした。マリーはそんなにかんたんにはあきらめたくなかったのです。そんなことをすれば、一生《いっしょう》、後悔《こうかい》すると思ったのです。マリーの頭の中に、ぐったりとして動《うご》かなくなったカールくんの体があらわれました。凍《こお》りついた水の底《そこ》でしおれた葉《は》のようにただよっています。マリーは恐《おそ》ろしい光景《こうけい》にかりたてられて、上半身《じょうはんしん》を水につっこみました。これより深《ふか》くはもぐれない。そんなことをしたら、自分《じぶん》まで池に落《お》ちてしまう。マリーはそう考え、絶望的《ぜつぼうてき》な気分になりました。そのとき、なにかが手にふれました！　マリーはほっとしてさけびたい気分でした。カールくんの小さな体が感《かん》じられます。頭です！　マリーは頭をとらえました。けれども衰弱《すいじゃく》しきった犬は、どんどん深《ふか》く沈《しず》んでいこうとしています！　ここで手をはなしたら、すべてがおしまいです。

　マリーは感覚《かんかく》のなくなった手で、犬の毛皮《けがわ》をしっかりつかみました。そして、最後《さいご》の力をふりしぼり、一気に水から引《ひ》きあげました。そのときカールくんは、死《し》の恐怖《きょうふ》でくるったように手足を動《うご》かしました。マリーはあばれる犬を必死《ひっし》におさえつけました。そうしなければ、また逃《に》げられてしまいます。けれどもマリーは、こんどは同じまちがいをしませんでした。両手《りょうて》はかじかみ、カールくんに引《ひ》っかかれてできた傷《きず》で真《ま》っ赤《か》です。それでもマリーは犬をはなしませんでした。犬は、のみこんでしまった冷《つめ》たい水をはきだそうとして、はげしく咳《せき》こみました。

マリーはそれでもだきしめていました。

そのあと、どのようにカールくんを水から助《たす》けだし、岸《きし》へ連《つ》れもどしたのか、マリーにははっきりと思いだせませんでした。

氷《こおり》がきしむ不気味《ぶきみ》な音がふたたび聞こえ始《はじ》めると、それからのことは、なにもかもがあっというまでした。

マリーはマイケのほうへ、カールくんの体をおしました。マイケはいくらか心《こころ》を落《お》ちつけるとカールくんの首輪《くびわ》をしっかりつかみ、岸《きし》のほうへ向《む》きを変《か》えました。そして、ふるえる犬をだいて、岸《きし》まではっていきました。マリーもあとを追《お》いました。ところが、あともう少《すこ》しで岸《きし》にあがれるというときに、マリーのおなかの下でバリッと音がし、氷《こおり》にひびが入りました。それと同時《どうじ》に、氷《こおり》の表面《ひょうめん》に、水がどんどん上がってきました。マリーの着《き》ていた服《ふく》は、ひどく喉《のど》がかわいているかのように、水をすいとっていきます。あまりの冷《つめ》たさに、全身《ぜんしん》がこわばり、何千本もの針《はり》でさされているかのように、体に痛《いた》みが走《はし》りました。マリーが上半《じょうはん》身《しん》を岸《きし》にあげたところで、とうとう氷《こおり》がわれてしまいました。こしから下は池の水につかっています。寒《さむ》さのあまり、頭はくらくらし、目の前が真《ま》っ暗《くら》になりました。

一瞬《いっしゅん》にして体の力がぬけ、血管《けっかん》の流《なが》れが止《と》まり、命《いのち》が消《き》えていくような感覚《かんかく》におそわれました。頭の上のほうから、マガモの小さな鳴《な》き声が聞こえてきます。けれどもマリーには、なにも見えていませんでした。

マリーはなんとか岸《きし》にはいあがろうとしました。けれども、もう、体がいうことをきいてくれません。たたかいつかれ、冷《つめ》たい水の中に半分つかったまま、弱々《よわよわ》しく岸辺《きしべ》に横《よこ》たわっていました。そのとき、マルクスの声がしました。すぐそばにいるはずなのに、遠くにいるように聞こえます。

「マリー、今《いま》、助《たす》けるからね！　あともう少《すこ》しだ！　がんばれ！」

そのときマリーは肩《かた》をつかまれ、力強《ちからづよ》く岸《きし》に引《ひ》きあげられたのを感《かん》じました。


それから少《すこ》しして、マリーが意識《いしき》をとりもどしたときには、マリーは雪の上に敷《し》かれた厚《あつ》い防寒《ぼうかん》マットの上で、マルクスによりかかってすわっていました。マルクスはマリーをぎゅっと引《ひ》きよせ、腕《うで》をまわして体を温《あたた》めています。

いつもなら嫉妬《しっと》してしまうマイケも、マルクスのそんな行動《こうどう》にはなにも反応《はんのう》していませんでした。マリーが無事《ぶじ》でいてくれて、ただうれしかったのです。

マリーの体はがたがたふるえていました。くちびるも紫色《むらさきいろ》です。だれかがぬれた服《ふく》をぬがせ、暖《あたた》かい毛布《もうふ》にくるみ、いくつもの湯《ゆ》たんぽを毛布《もうふ》の中にしのばせてくれていました。少《すこ》しばかり歳《とし》のいった消防隊員《しょうぼうたいいん》が、たっぷりと砂糖《さとう》の入った温《あたた》かい紅茶《こうちゃ》をマリーにわたしました。そのとき、消防隊員《しょうぼうたいいん》は、とがめるようなま

なざしをマリーに向《む》けました。

「なんてこった、お嬢《じょう》さん。少《すこ》しばかり気を失《うしな》っただけでよかったよ」消防隊員《しょうぼうたいいん》はマリーの手をとり、腕時計《うでどけい》を見ながら脈《みゃく》の速《はや》さを測《はか》りました。

「どうしてこんな軽《かる》はずみなことをするんだ！　犬を助《たす》けるために、うすい氷《こおり》の上をはいずりまわり、自分《じぶん》の命《いのち》を危険《きけん》にさらすとは！　底《そこ》に足がとどくからだいじょうぶだと思ったんだな。でもね、そんなになまやさしいものじゃないんだよ。体温《たいおん》が急激《きゅうげき》に下がると危険《きけん》だ。死《し》んでしまうこともあるんだぞ！　われわれが早く到着《とうちゃく》して、すぐに手当ができたからよかったものの、風邪《かぜ》をひいただけですめば、運《うん》がいいと思わなくちゃな」消防隊員《しょうぼうたいいん》は理解《りかい》に苦《くる》しむといった表情《ひょうじょう》で首《くび》をふりました。「ご両親《りょうしん》には教えてもらわなかったのかな？　氷《こおり》がじゅうぶんに厚《あつ》くなり、安全《あんぜん》が確認《かくにん》されるまで、勝手《かって》に池に入ってはいけないんだ。二度《にど》とこんなことをするんじゃないぞ！」消防隊員《しょうぼうたいいん》はしかりつけ、銀色《ぎんいろ》のポットに入った紅茶《こうちゃ》をつぎ足《た》しました。

「これでわかっただろう」消防隊員《しょうぼうたいいん》は、こんどはマイケとマルクスにもするどい視線《しせん》を投《な》げかけ、ガミガミ言いました。「こんなばかげたことはもう二度《にど》とやらないこと。いいね？　ぜったいにやってはいけないよ！　約束《やくそく》するか？」

三人はうなずき、しょんぼりしました。チョコチップまでもが、自分《じぶん》のせいであるかのように、うなだれています。

「でも、カールくんを……そのままにしておけなくて……」マリーはそっと体をおこしました。けれども、消防隊員《しょうぼうたいいん》の怒《おこ》った顔を見ると、すぐに口をつぐんでしまいました。マリーにはわかっていました。どんな言いわけもゆるされません。とにかく、カールくんさえ助《たす》かれば、それでいいと思いました。マリーはあいかわらずひどく凍《こご》えていました。そのとき、とつぜん、かっと体が熱《あつ》くなりました。

「そうよ、カールくんはどこ？　カールくんの具合《ぐあい》はどうなの？」

フーバーさんのひみつ

翌日《よくじつ》。前の日とはうってかわって、天気が悪《わる》くなりました。強《つよ》い北風《きたかぜ》がふき、空にはふくれあがった雲がおしよせ、太陽《たいよう》はどこかへ追《お》いやられてしまいました。

「このぶんだとまた雪がふるな」フーバーさんは調《しら》べるような目つきで、診療所《しんりょうじょ》の窓《まど》から空を見上げました。

マリーはだまってうなずきました。それからエサの器《うつわ》にウェットフードを入れて、トラじまの猫《ねこ》が入っているケージの中におきました。この猫《ねこ》は、きのう、足の手術《しゅじゅつ》を受《う》けたばかりですが、時間の経過《けいか》とともに回復《かいふく》し、食欲《しょくよく》もどんどん増《ま》しています。おなかをすかせた小さな猫《ねこ》は、エサにかぶりつきました。マリーは猫《ねこ》の頭をやさしくなでると、包帯《ほうたい》の具合《ぐあい》を確認《かくにん》しました。

「さて、脱走犬《だっそうけん》の具合《ぐあい》はどうかな?」フーバーさんはやさしい声で言うと、となりのケージを開《あ》けました。

すると、ジャック・ラッセル・テリアの雑種犬《ざっしゅけん》がしっぽをビュンビュンふり、うれしそうな声をあげながら飛《と》びだしてきました。そして、フーバーさんにぴょんぴょん飛《と》びつきました。テリアはごきげんです。それから、チョコチップに向《む》かって、全速力《ぜんそくりょく》でかけていきました。背中《せなか》を丸めて子馬《こうま》のように走《はし》り、鬼《おに》ごっこ

をしようとさそっています。二匹《ひき》の犬は追《お》いかけっこを始《はじ》めました。タイルばりのろうかをつっぱしり、つるつるすべる床《ゆか》に足をとられ、重《かさ》なりあうように転《ころ》がると、ドライフードの入った大きな袋《ふくろ》に衝突《しょうとつ》しました。マリーとフーバーさんは、思わず声をあげて笑《わら》いました。

「なんてこった。カールくんよ、おまえさんはピンチからぬけだしたばかりだというのに、もう次《つぎ》のピンチに向《む》かって突進《とっしん》か」フーバーさんは冗談《じょうだん》を言って、犬を呼《よ》びもどしました。

マリーがカールくんの短《みじか》い毛をなでると、カールくんは、命《いのち》の恩人《おんじん》に感謝《かんしゃ》するかのように、マリーの手を懸命《けんめい》になめました。

「こら、いたずら小僧《こぞう》。おまえさんは幸《しあわ》せなやつだ。わかっているのか？　あんな命《いのち》知らずの冒険《ぼうけん》をするなんて。こんなふうにかけまわれるのも、救《すく》いの女神《めがみ》さまのおかげだ。マリーのように、命《いのち》がけでおまえさんを救《すく》ってくれる人は、めったにいないぞ!」

フーバーさんは、マリーに賞賛《しょうさん》のまなざしを向《む》けました。マリーは、自分《じぶん》のほおが真《ま》っ赤《か》になるのがわかりました。そして、きまり悪《わる》そうに、まるでめずらしい物《もの》が入っているかのように、手に持《も》っているエサの器《うつわ》の中をじっと見つめました。けれどもフーバーさんは、マリーをほうっておいてはくれません。

「マリー、そんなにえんりょすることはないんだよ。こういうことは、きちんと言葉《ことば》であらわされ、ほめたたえられるべきなんだ。きみのとった行動《こうどう》は、とても危険《きけん》だ。それに、池に氷《こおり》がはっていても、許可《きょか》がおりていない場所《ばしょ》には、原則《げんそく》としては立ち入り禁止《きんし》だ。そのことは、なんども注意《ちゅうい》をされているから、自分《じぶん》でもわかっているね。けれども、これだけはわすれないでほしい。きみはりっぱなことをしたんだよ。カールくんの命《いのち》を救《すく》ってあげた。でも、それだけじゃない。飼《か》い主《ぬし》のマリア・フランクさんを幸《しあわ》せにしてあげたんだ。カールくんの事故《じこ》のこと

を知らせたら、フランクさんは電話口《でんわぐち》で泣《な》きながら喜《よろこ》んでいたよ。それにしても、カールくんはしぶといやつだ。きのうは死《し》にかかっていたというのに、きょうはもう、子鹿《こじか》のようにぴょんぴょんはねまわっている。これは奇跡《きせき》としか言いようがない」

そのときマリーは、なにか言いたげな目つきでフーバーさんを見ました。けれども、フーバーさんはマリーの視線《しせん》には気づかぬふりをして、なにも答えませんでした。マリーにはよくわかっていました。カールくんがこんなに早く元気をとりもどしたのは、保温《ほおん》ランプで体を温《あたた》め、点滴《てんてき》と栄養剤《えいようざい》の注射《ちゅうしゃ》を受《う》けたおかげだけではありません。フーバーさんの特別《とくべつ》なひみつの治療《ちりょう》を受《う》けたからです。

きのうの夜《よる》、マリーは寝《ね》る前に、カールくんのようすを見に、こっそり診療所《しんりょうじょ》に行ってみました。けれども、病棟《びょうとう》のケージの中の保温《ほおん》ランプの下には、いるはずのカールくんの姿《すがた》はありませんでした。その瞬間《しゅんかん》、マリーはあやしいと思いました。

　今《いま》のフーバーさんの反応《はんのう》がすべてを物語《ものがた》っています。マリーの予想《よそう》にまちがいありません。それに、けさ、マリーは証拠《しょうこ》も見つけました。フーバーさんの家《いえ》の入り口から診療所《しんりょうじょ》まで、雪の中に犬の足跡《あしあと》がついていたのです。それも、最初《さいしょ》の患者《かんじゃ》さんが訪《おとず》れる時間よりもはるか前のことです。

　そうです。フーバーさんはきのうの夜《よる》、診療所《しんりょうじょ》からカールくんを連《つ》れだし、自《じ》分《ぶん》の部屋《へや》で看病《かんびょう》していたのです！　長い時間をかけて体をなでて、話しかけ、そして、栄養《えいよう》たっぷりのエサをあげていたのです。

「愛情《あいじょう》と思いやり。これに勝《まさ》る薬《くすり》はない」フーバーさんは、むずかしい状況《じょうきょう》におちいったときにはいつでもそう言います。そして、これまでにもこの特別《とくべつ》な治療《ちりょう》方法《ほうほう》で、たくさんの動物《どうぶつ》を救《すく》ってきました。けれどもそのことは、だれにも話しません。フーバーさんのひみつを知っているのはマリーだけ。フーバーさんも、

マリーがひみつを知っているのを承知《しょうち》しています。そして、このひみつはだれにももらさない、とマリーは心《こころ》にちかっていました。大切にしている動物《どうぶつ》が早く回《かい》復《ふく》したのは、動物病院《どうぶつびょういん》の従業員《じゅうぎょういん》の家《いえ》でかわいがってもらったおかげだ。そんなことを知らされれば、不愉快《ふゆかい》に思う飼《か》い主《ぬし》もいるからです。それに、ウェーバー先生からも注意《ちゅうい》をされています。夜《よる》、診療所《しんりょうじょ》でなにかおこったときに、動物《どうぶつ》たちを診療所《しんりょうじょ》の外《そと》に連《つ》れだしていた場合《ばあい》には、規則《きそく》によって、受《う》けた損害《そんがい》を保険《ほけん》で補償《ほしょう》してもらえなくなってしまうのだ、と。そのために、マリーとフーバーさんは、ふたりだけのひみつにし、このことについては話題《わだい》にしないようにしています。そんなわけで、ひみつの治療《ちりょう》がおこなわれたときには、ふたりのきずなはますます強《つよ》くなるのでした。

元気に走《はし》りまわるカールくんを見ながらマリーは考えました。池から引《ひ》きあげられて、冷《ひ》えきった体を温《あたた》めてもらったとき、カールくんはどんなふうに感《かん》じていたのでしょうか？　自分《じぶん》と同じく、おかしな感《かん》じがしたのでしょうか？

マリーの手足に感覚《かんかく》がもどるまでに、しばらく時間がかかりました。体が温《あたた》まってくると、手足の指先《ゆびさき》、それに体中《からだじゅう》がむずむずし、何百匹《びき》ものアリがはいずりまわっているような感《かん》じがしました。

そのときマリーは、フーバーさんの声でわれに返《かえ》りました。

「今晩《こんばん》、この小さないたずら坊主《ぼうず》を飼《か》い主《ぬし》さんのところへとどけてあげようと思う。フランクさんの喜《よろこ》ぶ顔が目にうかぶなあ」フーバーさんはうれしそうに言いました。「いっしょに行こうよ。カールくんの飼《か》い主《ぬし》さんだって、きみの顔を見てお礼《れい》を言いたいだろう。でも、足が悪《わる》いので、ここへは来《こ》られないんだ。ふたりでたずねてあげたら、きっと喜《よろこ》ぶよ」

フーバーさんはカールくんのケージの中にエサの器《うつわ》をおいて、ドアをしめまし

た。カールくんはクチャクチャと音をたてて、おいしそうに食べています。

マリーは肩《かた》をすくめました。

「そうかなあ。わたしはちょっとはずかしいな」マリーはそう言うと、膀胱炎《ぼうこうえん》にかかったウサギのケージにきれいな水を入れてやりました。

「好《す》きにしたらいいよ。考える時間はあるからね」フーバーさんは言いました。

マリーとしては、ほめてもらいにわざわざ出かけていくのは気が引《ひ》けます。フーバーさんはそんなマリーの気持《きも》ちをわかっていました。

動物《どうぶつ》たちはエサをもらい、なでてもらい、薬《くすり》をもらいました。すべての動物《どうぶつ》にいきわたるまでには時間がかかります。けれどもマリーにとっては、病棟《びょうとう》ですごす時間は飛《と》ぶようにすぎていきます。マリーはここでの仕事《しごと》が大好《だいす》きです。それぞれの動物《どうぶつ》には物語《ものがたり》があります。それぞれに特徴《とくちょう》があり、性格《せいかく》もちがいます。たとえば、足の手術《しゅじゅつ》を受《う》けたトラ猫《ねこ》は耳のうしろをかいてもらうのが大好《だいす》きです。

一方《いっぽう》で、重《おも》い目の病気《びょうき》で一週間前から入院《にゅういん》している黒猫《くろねこ》は、耳のうしろをさわられるのがきらいです。事故《じこ》でしっぽをなくした太ったペルシャ猫《ねこ》は、あごの下をなでてもらうのが大好《だいす》きで、いくらなでてもらっても満足《まんぞく》しません。けれども、喉頭炎《こうとうえん》で苦《くる》しむ、ごわごわの毛の高齢《こうれい》のダックスフントは、知らない人にさわられるのをいやがります。

どの子もとてもいとおしい。マリーは、その朝、最後《さいご》の動物《どうぶつ》に薬《くすり》を与《あた》えながら思いました。患者《かんじゃ》の動物《どうぶつ》たちが元気になって退院《たいいん》するときには、いつもちょっぴりさみしく感《かん》じられます。

マリーが中庭《なかにわ》に出ると、フーバーさんの予感《よかん》したとおりになっていました。かたまりのような大きな雪が舞《ま》っています。

向《む》かい側《がわ》からは、不《ふ》きげんな表情《ひょうじょう》のミルバが歩いてきます。足をこわばらせ、

しめった雪をふみしめるようにしています。そして、一歩進《ぽすす》むごとに、不愉快《ふゆかい》そうに足をふりました。フーバーさんの赤《あか》茶《ちゃ》の猫《ねこ》は足が冷《ひ》えたり、ぬれたりするのがきらいです。その二つが重《かさ》なったときには、どうにもがまんできないようです。だれが見てもはっきりとわかるように、態度《たいど》にあらわします。今《いま》の天気は、ミルバにとっては想像《そうぞう》を絶《ぜっ》する事態《じたい》です。けれどもフーバーさんは、家《いえ》の中には猫《ねこ》のトイレをおいてあげません。そんなわけで、ミルバは用《よう》を足《た》すために、ふつうの

猫《ねこ》がしているように、天気が悪《わる》かろうと、外へ出なければなりません。

マリーはしばらく、ミルバを観察《かんさつ》していました。ミルバはこれみよがしに小さな頭を高くあげ、はげしく足をふりながら、マリーとフーバーさんの横《よこ》をぎこちなく通りすぎていきました。ミルバはこんなふうにポーズをとって、フーバーさんに伝《つた》えようとしているのでしょう。

『ほら、見なさいよ。あたしになんてことをするのよ！ こんな天気の悪《わる》い日には、犬ですら外《そと》にほっぽりだされたりしないわ。猫《ねこ》はなおさらのこと、外には出さないものよ！』

人間《にんげん》の注意《ちゅうい》が自分《じぶん》に向《む》けられているとわかると、猫《ねこ》はいよいよ高く足をあげ、ますます力強《ちからづよ》くふりました。なんという演技力《えんぎりょく》！ ミルバはまるでプリマドンナです。

「ねえ、シュテファン、ミルバにはあまりたくさんエサをあげないほうがいいん

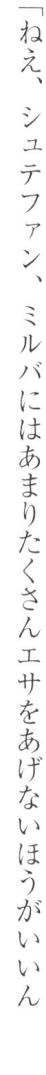

じゃないかしら。このままどんどん食べさせていったら、ボールみたいにまん丸くなっちゃうわよ」マリーはフーバーさんに忠告《ちゅうこく》しました。

けれどもフーバーさんは首《くび》をふっただけでした。

「太っているだって？　そんなことないさ。気のせいだよ。丸く見えるのは冬《ふゆ》で毛皮《けがわ》が厚《あつ》くなったからさ！」

マリーは、フーバーさんがミルバにおいしい食べ物《もの》をあげて甘《あま》やかしているのを知っています。

フーバーさんは、太っちょのミルバから気をそらそうとして、さっと話題《わだい》を変《か》えました。

「聞いたよ。モルモットたちが峠《とうげ》をこえたそうだね。具合《ぐあい》がよくなったんだって？　よかったね。わしもうれしいよ」フーバーさんはそう言うと、小さく息《いき》をはきだし、全身《ぜんしん》の体重《たいじゅう》をかけて、家畜小屋《かちくごや》の重《おも》いとびらを開《あ》けました。

マリーは、モルモットの看病《かんびょう》の仕方《しかた》をアドバイスしてもらったことについて、フーバーさんにお礼《れい》を言おうとしました。

ちょうどそのとき、ウェーバー先生がやってきました。手には診察《しんさつ》カバンをさげ、コートの片側《かたがわ》だけにそでを通した姿《すがた》で小走《こばし》りしています。

「マリー、いっしょに来《き》てくれないか。きみの助《たす》けが必要《ひつよう》になるかもしれない。これからシェルターに行くんだ」

マリーは迷《まよ》いませんでした。チョコチップを呼《よ》ぶと、パパを追《お》いかけ、四輪駆《よんりんく》動車《どうしゃ》にかけていきました。

「もちろんよ。いっしょに行くわ。どうかしたの？　なにがあったの？」マリーはたずねました。

ウェーバー先生は車のドアを開《あ》けて、乗《の》りこむ前にマリーに向《む》かって大きな声で伝《つた》えました。「ハンスさんの牧場《ぼくじょう》に、もう一つ箱《はこ》がとどいたんだ！」

なぞめいた箱《はこ》

暖房《だんぼう》のきいた動物《どうぶつ》シェルターの受《う》け入れ室《しつ》はぬくぬくし、少《すこ》しばかり動物病院《どうぶつびょういん》のような消毒液《しょうどくえき》のにおいがします。パラスさんはこの部屋《へや》を銀色《ぎんいろ》の星でかざりつけました。そのおかげで、受《う》け入れ室《しつ》は早くもクリスマス気分です。新しく入ってきた動物《どうぶつ》たちを歓迎《かんげい》するかのように星が光っています。けれども、捨《す》て犬や野《の》良猫《らねこ》はこのようなかざりを見て、喜《よろこ》ぶのでしょうか？　マリーはうたがっていました。けれどもパラスさんはいつもこう言います。「人間《にんげん》がうきうきしていれば動物《どうぶつ》たちにも伝《つた》わるわ。そうすれば、動物《どうぶつ》たちも明るい気分になるのよ」

確《たし》かに、星かざりのおかげで、殺風景《さっぷうけい》な部屋《へや》から冷《つめ》たさが少《すこ》しばかり消《き》えたような気もします。

灰色《はいいろ》のプラスチックのテーブルの上には、予告《よこく》された白い箱《はこ》がありました。ニーナとニクセが入れられていたのとまったく同じ木箱《きばこ》です。

パラスさんとマイケは、マリーとウェーバー先生とチョコチップが入ってきたのに、まるで気づいていません。なぞの箱《はこ》の中味《なかみ》のことで、頭がいっぱいのようです。

ハンス・コルマーさんが動物《どうぶつ》シェルターの前で箱《はこ》を発見《はっけん》したとき、マイケはパラスさんを手伝《てつだ》い、犬舎《けんしゃ》のそうじをしていました。そのとき箱《はこ》をおいていった犯人《はんにん》は、玄関《げんかん》の呼《よ》び鈴《りん》を鳴《な》らし、箱《はこ》の存在《そんざい》を知らせました。けれども、ハンスさんがドアを開《あ》けたときには、幽霊《ゆうれい》のようにあとかたもなく姿《すがた》を消《け》していました。ハンスさんが箱《はこ》を確認《かくにん》しても、だれがおいていったのか、手がかりはまったくつかめませんでした。雪の中にも犯人《はんにん》さがしの手がかりとなるものはありません。

チョコチップはパラスさんとマイケに飛《と》びつき、元気いっぱいにあいさつしま

した。そこでようやくパラスさんは、ウェーバー先生とマリーの到着《とうちゃく》に気がつき、ほっと息《いき》をはきだしました。

「ああ、よかった、来《き》てくださって。これを見てください！」

パラスさんは、箱《はこ》の中が見えるよう、わきへよけました。

マリーは二回見直《かいみなお》しました。自分《じぶん》の目が信《しん》じられませんでした。

十個《こ》のくりくりとした黒い目がこちらを見ています。おびえたような目をしていますが、ビー玉のようにとてもきれいです。またもや二匹《ひき》のモルモットが入っていました。けれども今回《こんかい》は、それだけではありません。イエウサギも三匹《びき》いっしょです。奇妙《きみょう》なことに、動物《どうぶつ》たちの背中《せなか》の毛がそられています。毛のない部《ぶ》

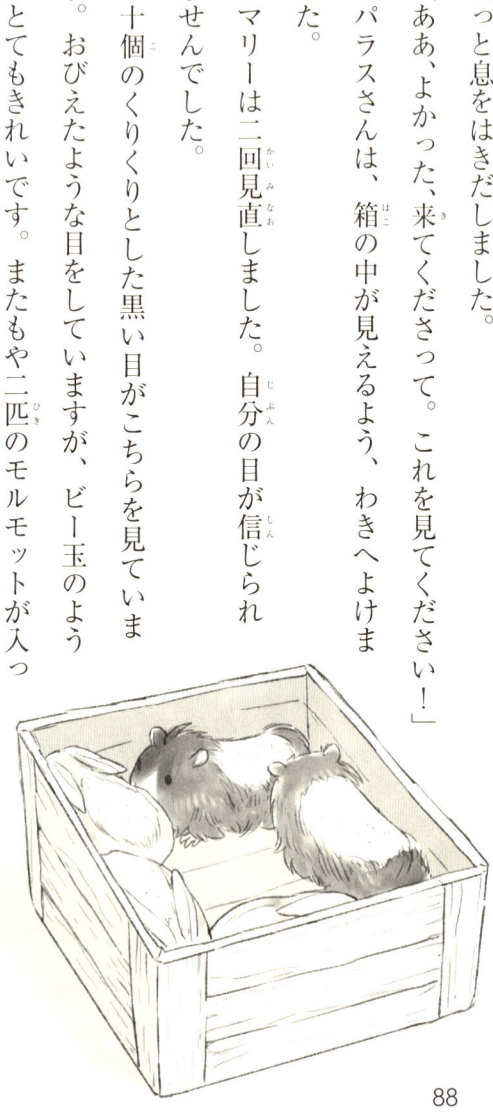

分《ぶん》には赤い斑点《はんてん》ができたり、ただれてかさぶたのようなものができたりしていました。動物《どうぶつ》たちは、必死《ひっし》になって体をなめたりかいたりしています。とてもつらそうです。皮《ひ》ふがただれて、不快《ふかい》なかゆみにおそわれているのでしょう。

ウェーバー先生は、ウサギとモルモットを箱《はこ》からとりだすと、テーブルの上にそっとおきました。そして一匹《ぴき》ずつ、ていねいに診察《しんさつ》していきました。先生は驚《おどろ》きあきれ、首《くび》をふりました。

「いったいぜんたいどうなっているんだ。さっぱりわからない。かわいそうに、なんてことをしてくれたんだ。どうして背中《せなか》の毛だけそられているんだろう？　なんで発疹《はっしん》ができたんだろう？　わたしも長いこと獣医《じゅうい》をしているが、こんなことははじめてだ！」

先生は聴診器《ちょうしんき》を診察《しんさつ》カバンからとりだし、動物《どうぶつ》の内臓《ないぞう》の動《うご》きを確《たし》かめました。それから体温《たいおん》を測《はか》り、血液《けつえき》を採取《さいしゅ》しました。

しばらくし、診察《しんさつ》をおえた先生は、診断結果《しんだんけっか》を伝《つた》えました。

「今《いま》のところ、どの子も元気そうではある。栄養失調《えいようしっちょう》でもないし、奇妙《きみょう》な発疹《はっしん》をのぞけば、病気《びょうき》らしい症状《しょうじょう》もない。でも、この発疹《はっしん》が気になるなあ。伝染性《でんせんせい》の皮《ひ》ふ病《びょう》とか、ノミといったものが原因《げんいん》で毛がぬけてしまうことはめずらしくない。だけど、この子たちの場合《ばあい》は、それには当てはまらない。なにかほかの原因《げんいん》があるにちがいない。今《いま》の時点で言えることは、だれかがモルモットとウサギの毛をそり、発疹《はっしん》はそのあとにできたということだ。水ぶくれや膿《うみ》のかたまりのせいで毛がなくなったのではないよ」

ウェーバー先生は頭をかきながらしばらく考えていました。そして、残念《ざんねん》そうにパラスさんを見つめました。

「すまないね。でも、わたしにもわからない。だれがこんなことをしたのか。しかも、どうしてこんなことをしなければならなかったのか。皮《ひ》ふ病《びょう》の原因《げんいん》がなにか、わたしにはさっぱりわからないよ」

先生は、紅白《こうはく》の薬《くすり》のチューブを診察《しんさつ》カバンからとりだし、パラスさんにわたしました。

「この薬《くすり》をぬってやれば、じきに皮《ひ》ふもよくなるよ。コルチゾンが入っているんだ。炎症《えんしょう》をおさえる働《はたら》きがある。毛のない部分《ぶぶん》に一日に二回《かい》から三回《かい》、たっぷりとぬってあげなさい。これといった病気《びょうき》も寄生虫《きせいちゅう》もみとめられないから、新入りのチビさんたちを、ここにいるほかのウサギやモルモットといっしょにしてやるといいよ。この子たちはひどくおびえているから、仲間《なかま》といっしょにいれば安心《あんしん》するだろう。そのうち毛ものびて、人間《にんげん》のことも信頼《しんらい》するようになるよ。新しい、やさしい飼《か》い主《ぬし》さんが見つかるといいね」

ウェーバー先生は診察器具《しんさつきぐ》をカバンにしまうと、思いだしたように言いました。

「インケン、伝《つた》えておきたいことがあった。あと数日もすれば、ニクセとニーナも元気になるだろう。そうしたら、ここで受《う》け入れてもらえるかな？」

パラスさんがうなずくと、マリーとマイケの顔が青ざめました。ふたりは顔を見合わせ、とまどっています。いつもそうなのです。動物《どうぶつ》たちの世話《せわ》や看病《かんびょう》はさせてもらえます。けれども、すべての動物《どうぶつ》をそのまま手元《てもと》において、飼《か》うことはできませ

ん。それは、自分《じぶん》たちでもよくわかっていました。ニーナとニクセと別《わか》れるのは、きっといつもより、つらく感《かん》じられるでしょう。二匹《ひき》はマリーとマイケにとてもなついているからです！　このところ、モルモットは、マリーとマイケが部屋《へや》に入ってくると、うれしそうにキューキューと声をあげます。おいしいニンジンやリンゴを楽しみにしているような声です。傷《きず》もよくなり、毛もつやをとりもどし、とてもきれいな体になってきました。それに、さわらせてくれるようにもなりました。

「でも、パパ、でも……」マリーはだだをこね始《はじ》めました。

ウェーバー先生は診察《しんさつ》カバンから目をはなさず、せっせと残《のこ》りの道具《どうぐ》をつめながら、マリーの言葉《ことば》をさえぎるように言いました。

「だめだよ、マリー。言いたいことはわかっているよ。でも、それはできない。うちではじゅうぶんすぎるほどたくさん動物《どうぶつ》を飼《か》っているじゃないか。そのこと

はわかっているね」

マリーは絶望的《ぜつぼうてき》な目でマイケを見ました。

「言ってもむだだよ。先生のことはマリーもよくわかっているでしょ」マイケは耳うちすると、肩《かた》をすくめ、とほうにくれました。

パラスさんは、少女《しょうじょ》たちがかわいそうになり、なぐさめようとしました。

「そんなに悲《かな》しまないで。あなたたちはここへよく来《く》るでしょ。毎日来《き》てくれてもいいのよ。そうすれば、このままニーナとニクセの世話《せわ》ができるわよ。それに、今《いま》はまだ、モルモットたちはあなたたちの看病《かんびょう》が必要《ひつよう》なの」

少女《しょうじょ》たちはしょんぼりとうなずきました。そして、目の前にいるウサギとモルモットの世話《せわ》に集中《しゅうちゅう》しました。

ふたりは動物《どうぶつ》たちの傷《きず》に慎重《しんちょう》に薬《くすり》をぬりました。その間、ウェーバー先生はパラスさんとオフィスでいくつかの手続《てつづ》きをすませていました。

「マリー、先生の言うことは正しいよ。なんとなくわかるな。手当てした動物《どうぶつ》をすべて飼《か》っていたら、動物病院《どうぶつびょういん》とうちの牧場《ぼくじょう》は動物《どうぶつ》だらけになってパンクしちゃうよ。ニーナとニクセを手ばなすのは、わたしもあなたと同じくらいとてもつらい。だって、あの二匹《ひき》がかわいくてたまらないもの。でも、わたしたちは先生に感謝《かんしゃ》もしないとね。これまでに、なんどもわたしたちの願《ねが》いを聞きいれて、患者《かんじゃ》だった動物《どうぶつ》を飼《か》わせてくれたんだもの。鹿《しか》やチョコチップ、ウサギ、ミルバ……ねえ、悲《かな》しい顔をするのはやめようよ」

マイケはマリーをはげまし、一生懸命《いっしょうけんめい》に笑顔《えがお》を作《つく》ろうとしました。

マリーは薬《くすり》のチューブのふたをしめると、動物《どうぶつ》たちを箱《はこ》の中にもどしました。

「そうよね。それよりも、このなぞのモルモットとウサギがどこから来《き》たのか探《さぐ》りましょう。そうすれば、よけいなことを考えなくてすむもの。それに、こんなひどいことをした虐待者《ぎゃくたいしゃ》を見つけだして、悪事《あくじ》をやめさせないとね」

シェルターのウサギ舎《しゃ》は、動物《どうぶつ》たちにとっては天国《てんごく》のような場所《ばしょ》です。広くて明るい暖房《だんぼう》のきいた部屋《へや》には、ワラがたっぷりと敷《し》かれています。壁《かべ》には、ウサギの背丈《せたけ》に合わせて、エサ入れ、岩塩《がんえん》、草や種《たね》で作《つく》られたおやつがとりつけられています。小窓《こまど》を通り、屋外《おくがい》の広い囲《かこ》いへも出られるようになっています。天気がよいときには、ウサギやモルモットはそこでぞんぶんに飛《と》びまわり、土をほってほら穴《あな》を作《つく》ることもできます。

たれ耳のホーランド・ロップ、小型《こがた》のポーリッシュ、つむじのあるアビシニアン、ふわふわの毛をしたアンゴラ、直毛種《ちょくもうしゅ》……およそ三十匹《びき》のさまざまな種類《しゅるい》のウサギやモルモットが、この明るい部屋《へや》の中で元気にかけまわっています。そして今《いま》は、好奇心旺盛《こうきしんおうせい》にはねてきて、五匹《ひき》の新入りにあいさつしています。けれども五匹《ひき》は見知らぬ場所《ばしょ》でびくびくしながら、たくさんある小屋《こや》の中の一つにさっと頭をかくし、身《み》を守《まも》ろうとしました。

「みんな、心配《しんぱい》しないで。すぐに慣《な》れるからね」マリーはやさしく言い聞かせ、ウサギ舎《しゃ》のドアをしめました。それから、モルモットとウサギが入れられていた木箱《きばこ》を横《よこ》にしたりさかさまにしたりして、変《か》わったところがないか確《たし》かめました。

「これを見て！　ここよ！」マリーは興奮《こうふん》し、大声をあげました。そして、マイケの鼻《はな》の先に箱《はこ》の底《そこ》をつきつけました。

マイケには、変《か》わったものはなにも見えません。ところが、マリーに印刷《いんさつ》された黒い文字《もじ》を指《ゆび》でさされて、はじめて気がつきました。そこにはかざり文字《もじ》で奇《き》妙《みょう》な名前が書かれています。

『Bellafleur（ベラフルール）』

ベラフルール

「ベラフルール、ベラフルール……。どうしてこんな名前がついているんだろう。なにか意味《いみ》があるのかなあ」マリーはつぶやきました。

マリーはペッパーの手綱《たづな》を引《ひ》いて方向《ほうこう》を変《か》え、雪の重《おも》みでたおれた木をよけました。

マリー、マイケ、マルクスの三人は頭を働《はたら》かせ、一生懸命《いっしょうけんめい》考えました。けれども、満足《まんぞく》できる答えは見つかりません。

馬《うま》で散歩《さんぽ》をすればいい考えがうかぶ、とマイケが提案《ていあん》し、マリーとマルクスは賛成《さんせい》しました。ところが、つきさすような冷《つめ》たい風がビュウビュウふきつけ、毛糸の帽子《ぼうし》と馬《うま》のたてがみが引《ひ》っぱられるだけで、いい考えなどちっともうかびません。

ベラフルールは『美《うつく》しい花』というような意味《いみ》だと、パラスさんが教えてくれました。イタリア語《ご》の『ベッラ（美《うつく》しい）』と、フランス語《ご》の『フルール（花）』を合わせた言葉《ことば》です。いきなりたずねられたパラスさんは不思議《ふしぎ》に思い、マリーとマイケがどこでそんな言葉《ことば》を知ったのか、たずねました。そこでふたりは、あわてて話題《わだい》を変《か》えてごまかしました。モルモットとウサギがどこから来《き》たのか、子どもたちが自分《じぶん》の力だけで探《さぐ》ろうとしているのを知れば、きっと心配《しんぱい》するからです。

深《ふか》く積《つ》もった雪とたたかい、息《いき》を切らしながら自転車《じてんしゃ》を走《はし》らせるマルクスも、さっぱり見当《けんとう》がつきません。

「毛をそられた動物《どうぶつ》たちと木箱《きばこ》には関係《かんけい》なんてないかもしれないよ。もともと箱《はこ》には別《べつ》のものが入っていて、運《はこ》ぶためだけにその箱《はこ》に入れたのかもしれない。なにが入っていたのか、だれにもわからないよ。ボルトが入っていたのかもしれな

いし、クッキーかもしれない。ミカンってこともあるだろう」

「ミカンにボルトって、それなによ！」

マイケはマルクスに食《く》ってかかりました。「ばかばかしい！　そんなものが入っているわけないでしょ」

マイケがそんなふうにつっぱねるのは、先日《せんじつ》のできごとのせいでしょうか？　犬のカールくんを救《すく》ったあとで、マルクスがマリーをやさしくだきしめたことが、今《いま》でも気になっているのかもしれません。はじめはなんでもないそぶりをしていたのに、やはり怒《おこ》っていたのです。けれども、マリーにはいつまでたっても理解《りかい》できません。マイケはいったいだれに対《たい》してやきもちを焼《や》いているのでしょうか。マリーに対《たい》してでしょうか？　それとも、マルクスに対《たい》してでしょうか？

「もう、まったく！　見てよ！　また木がたおれている。それに、道《みち》もすっかり雪にうもれてる。これじゃあ、進《すす》めないよ！」

マイケの怒《おこ》った声に、マリーははっとしました。

マイケはフーバーさんの向《む》きを変《か》え、言いました。

「これより先に進《すす》んでも、どうにもならない。ふつうの道を通って、うちに帰《かえ》ろう！」

マリーはペッパーに乗《の》ったままマイケを追《お》いかけました。マルクスもほっとしています。

「それはいいアイデアだ。深《ふか》い雪の中でペダルをこぐのはちっとも楽しくないからね。それに、フーバーさんだって雪かきされた道のほうが歩きやすいよ」

馬《うま》と自転車《じてんしゃ》の小さなキャラバン隊《たい》は、自動車道路《じどうしゃどうろ》を進《すす》んでいきました。こんなに深《ふか》く雪が積《つ》もると、年をこえてクリスマスがおわる＊公現祭《こうげんさい》の祝日《しゅくじつ》まで残《のこ》りそうです。

＊公現祭《こうげんさい》の祝日《しゅくじつ》：キリスト教《きょう》の祝日《しゅくじつ》。東方《とうほう》の三博士《はくし》が星に導《みちび》かれ、贈《おく》り物《もの》を持って生まれて間《ま》もないイエスを訪《おとず》れ、神《かみ》があらわれたことを記念《きねん》した日。ドイツでは一月六日。

野原《のはら》は白い雪の下で、おだやかに眠《ねむ》っています。雪はふたたびはげしくなり、チョコチップの頭には小さな綿帽子《わたぼうし》がのっていました。

犬はしっかりとマリーによりそい、体を温《あたた》めていました。チョコチップはペッパーの背中《せなか》でゆられて眠《ねむ》るのが大好《だいす》きです。けれどもきょうはもう心地《ここち》よい眠《ねむ》りにつけないことを、このとき、チョコチップは知りませんでした。

マリーは、綿《わた》のようなやわらかい雪におおわれ、静《しず》けさに包《つつ》まれた世界《せかい》が大好《だいす》きです。パウダーシュガーがふりかけられたような白い世界《せかい》では、あらゆる音はけむりのようにた

ちのぼり、やわらかくひびきます。そのせいで、災《わざわ》いがすぐそばまでさしせまっているのに、マリーもまったく気がついていませんでした。
もっとも早く気づいたのは、列《れつ》の一番《いちばん》うしろを走《はし》っていたマルクスでした。けれども、それでも気づくのが遅《おそ》すぎたくらいです。エンジンの音も、クラクションの音も、なにも聞こえませんでした。
いきなり、巨大《きょだい》なトラックがあらわれました。
トラックは猛《もう》スピードで飛《と》ばしています。そびえるような金属《きんぞく》の怪物《かいぶつ》が、かすめるよう

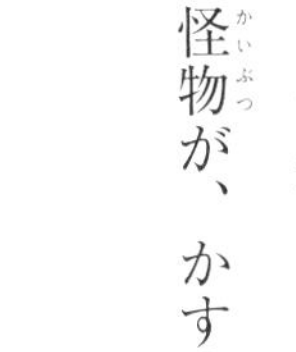

に馬《うま》を追《お》いぬいていきました。

フーバーさんとペッパーはすっかりとりみだしています。馬《うま》はしりごみし、それから棒立《ぼうだ》ちになって道《みち》ばたに飛《と》びのきました。

マルクスも自転車《じてんしゃ》を捨《す》てて、あわてて飛《と》びのきました。そうしなければトラックにひかれていたかもしれません。ほんの一瞬《いっしゅん》のできごとでした。

マルクスはひどく腹《はら》を立てていました。そして、かん高い声でどなりました。

「なんてことするんだ、バカ野郎《やろう》！　こんな見通しの悪《わる》いところで飛《と》ばすなよ！　あいつにはぼくらのことが見えていなかったんだ！　行くぞ、トラックを追《お》いかけるんだ！」

マルクスはたおれた自転車《じてんしゃ》をおこすとサドルにまたがりました。

マイケはフーバーさんをしずめるために首《くび》をたたきながら、からかうような目つきでマルクスを見ました。

「どうしてトラックを追《お》いかけるのよ。運転手《うんてんしゅ》をつかまえて、ぶちのめしてやるの？　はねられそうになったから？　すごいじゃない」

マルクスは、マイケのとげのある発言《はつげん》には反応《はんのう》せずに言いました。

「なぐってやろうだなんて思っていないよ。とにかく、すぐに馬《うま》を走《はし》らせて！　トラックを追《お》いかけるんだ。見えなかった？　うしろに書いてあった文字《もじ》を」

マリーとマイケは不思議《ふしぎ》そうに顔を見合わせました。

「そんなの無理よ。馬《うま》からふりおとされないよう、必死《ひっし》だったのよ。それに、チョコチップもつかまえていなければならなかったし。トラックの広告《こうこく》のでき具合《ぐあい》まで評価《ひょうか》しているよゆうなんてなかったわ」マリーは首《くび》を横《よこ》にふりながら、からかいました。

「かんべんしてくれよ、よけいなおしゃべりをしている時間はないんだ。いいから、ぼくについてきて！」

マルクスはそう言うと、グループの先頭《せんとう》を走《はし》りだしました。頭の中は、トラックのことでいっぱいです。

そんなわけで、少女《しょうじょ》たちは馬《うま》を走《はし》らせ、マルクスを追《お》いかけるしかありませんでした。

「そんなことをしたって、むだ。追《お》いつけっこないって！」マイケはマリーに大声で言いました。

凍《い》てつくような風に、マリーは声が出ません。ただ、首《くび》をたてにふり、そうだと伝《つた》えるばかりでした。それからなんとか声をしぼりだし、マルクスにたずねました。

「どうして？」

けれども、マルクスにはなにも聞こえていないようです。命《いのち》がかかっているかのように、必死《ひっし》になってペダルをこいでいます。それに、顔を真《ま》っ赤《か》にし、苦《くる》しそうに息《いき》をしています。これでは答えられません。こめかみには血管《けっかん》がうきあがり、ドキン、ドキンと脈《みゃく》をうっているようです。

マリーには、なにもかもが少《すこ》しばかりうす気味悪《きみわる》く思えてきました。

マルクスは、どうしてとつぜんわれをわすれて、こんなに必死《ひっし》になり始《はじ》めたのでしょうか？　なぜ、トラックを追《お》いかけなければならないのでしょうか？　警察官《けいさつかん》の父親《ちちおや》に、交通違反《こうつういはん》をおかしたドライバーをつきだして自慢《じまん》したいのでしょうか？　それとも、乱暴《らんぼう》な運転手《うんてんしゅ》に文句《もんく》を言いたいのでしょうか？　けれども、マルクスはそんなことをするような人ではありません。こういうときにはマルクスは冷静《れいせい》で、かっとなった勢《いきお》いで軽々《かるがる》しく行動《こうどう》をすることはありません。マリーには、今《いま》、なにがおこっているのかわかりませんでした。きんちょうし、心《しん》臓《ぞう》がドキドキします。

「マルクス、止《と》まって！」マリーはさけびました。

けれどもマルクスは、首《くび》を横《よこ》にふるばかりで、スピードをゆるめようとしません。それに、道《みち》を見つめたまま目をあげません。

そのとき、マリーにははっきりとわかりました。なにか重大《じゅうだい》な理由《りゆう》があって、追《お》いかけているのです。マリーは協力《きょうりょく》しようと思いました。そこで、足でペッパーのわき腹《ばら》を少《すこ》しばかり強《つよ》くおして、スピードをあげるようかりたてました。今《いま》、マルクスを見失《みうしな》うわけにはいきません。

ペッパーがスピードあげると、雪があらゆる方向《ほうこう》へ飛《と》びちりました。マリーは鞍《くら》の上でチョコチップをしっかりだきしめました。犬は怖《こわ》がるどころか、猛《もう》スピードで走《はし》る馬《うま》の上でごきげんです。

雪が目の中に入り、氷《こおり》のような風がバシバシと顔にうちつけて、マリーの顔はすっかり赤くなっていました。

「マルクス、どんな理由《りゆう》があるのか知らないけど、トラックに追《お》いつくのはあきらめたほうがいいよ！　あっちのほうがぜったいに速《はや》いもの。トラックとはりあっても勝《か》てっこないって」マイケはマルクスにうったえました。

すると、とつぜん、ぶ厚《あつ》い雪のカーテンの向《む》こうに、二つの赤い点があらわれました。車のテールランプ*です。

まちがいありません。それはトラックのテールランプです。赤信号《あかしんごう》で停止《ていし》しているのです。

マリーとマイケははげしくあえぐ馬《うま》の速度《そくど》を落《お》とし、マルクスの横《よこ》で止《と》まりました。

「マルクス、説明《せつめい》してよ。どうしてトラックを追《お》いかけてるの？」マリーはたずねました。

けれども答えを聞く前に、マリーは自分《じぶん》で気がつきました。トラックのうしろに、ピンク色の文字《もじ》が書かれています。

＊テールランプ：自動車《じどうしゃ》のブレーキを作動《さどう》させたとき、後部《こうぶ》に点灯《てんとう》する明かり。

シェルターの前におきざりにされた動物《どうぶつ》たちのなぞをときあかす言葉《ことば》、そう、
『Bellafleur（ベラフルール）』です。

夜《よる》の冒険《ぼうけん》

「ベラ……なんだって？　もう一度《いちど》言ってくれないか？」フーバーさんは三人の友だちにたずねました。

フーバーさんはノートパソコンの画面《がめん》を真剣《しんけん》な表情《ひょうじょう》で見つめながら、マウスをにぎった手でミルバをおしました。けれども、ミルバはどいてくれません。パソコンの横《よこ》でくつろいでいます。自分《じぶん》がじゃまをしているなどとはまったく思っていないのです。

「なんてこった、ミルバさんよ。これがマウスなんて名前がついているから、のさばっているんだな！」フーバーさんはうめきました。

ミルバは、なにが言いたいのかさっぱりわからないと言いたげに、むっとしたような表情《ひょうじょう》をし、こはく色の目でフーバーさんを見ました。フーバーさんはなん

ども猫《ねこ》をおしました。するとようやく、猫《ねこ》は体をずらし、マウスからはなれました。ところが、こんどはキーボードの上で横《よこ》になってしまいました。

「こら、ミルバ！　とんでもないやつだ。いやがらせをしているんだな。わしらを怒《おこ》らせようとして」フーバーさんは首《くび》をふりながら笑《わら》いました。

「ベラフルールのベラは、ユーレ・ミュラーさんの小さなパグ犬《けん》の名前と同じ。フルールはf《エフ》、l《エル》、e《イー》、u《ユー》、r《アール》」マリーはつづりを言いました。

フーバーさんは、ミルバの大きな丸いおなかの下で手を動《うご》かし、つづりを入力《にゅうりょく》し、インターネットで検索《けんさく》しようとしました。赤茶《あかちゃ》の猫《ねこ》は、フーバーさんが自分《じぶん》に気をつかってくれているのを感《かん》じとったらしく、満足《まんぞく》げにゴロゴロと喉《のど》を鳴《な》らし始《はじ》めました。

「ベラフルール、ベラフルール……」フーバーさんはつぶやきながら、さがしました。集中《しゅうちゅう》していると、ミルバがいても気にならないようです。フーバーさんの目は、テニスの試合《しあい》を観戦《かんせん》しているときのように、画面《がめん》の上で左右に動《うご》いています。

マリーたちは、胸《むね》をドキドキさせながら息《いき》を止《と》めて見守《みまも》っていました。ひどく長い時間に感《かん》じられます。

「やった！　あったぞ！　きっとこれだ！」

やがて、フーバーさんはなにやら見つけたらしく、大きな声でさけびました。

そして、子どもたちにパソコンの画面《がめん》を見せながら、一枚《まい》の写真《しゃしん》を指《ゆび》さしました。

村《むら》の小さな工業地域《こうぎょうちいき》のはずれにある、大きな角砂糖《かくざとう》のような白い建物《たてもの》です。入り口の上には、かざり文字《もじ》で書かれた会社名《かいしゃめい》がかがやいています。

『Bellafleur（ベラフルール）』

「ほら、ここに書いてある！　この会社はまだできたばかりらしい」フーバーさんが子どもたちに伝《つた》えると、画面《がめん》の説明文《せつめいぶん》をさしました。

「工業地域《こうぎょうちいき》にあるのか。ということは、箱《はこ》の中味《なかみ》はやっぱりボルトだったのかな？　ぼくの予想《よそう》は当たっていたのかもしれない」マルクスはちょっぴり得意《とくい》げに言いました。

フーバーさんは、説明文《せつめいぶん》のつづきを読みました。そして、首《くび》を横《よこ》にふりました。

「残念《ざんねん》だな、マルクス。少《すこ》しどころか大はずれ。ベラフルールはボルトとはまったく関係《かんけい》のない会社《かいしゃ》だ。化粧品会社《けしょうひんがいしゃ》だよ。おもにクリームを製造《せいぞう》しているらしい」

マルクスががっかりしたような顔をしたので、マイケは少《すこ》しばかりうれしそうです。それから、不思議《ふしぎ》そうにたずねました。

「モルモットやウサギと化粧品会社《けしょうひんがいしゃ》になにかつながりがあるの？」

フーバーさんは頭をかき、ひたいにかかったハンチング帽《ぼう》を少《すこ》しばかり上にあげて考えこんでいました。やがて立ちあがり、テーブルの上のカップと、デルテさんが焼《や》いてくれたクリスマスのクッキーをかたづけながら言いました。

「自信《じしん》はないけど、思いあたることはある。そうだ、こうしたらどうだろう。これからみんなでその奇妙《きみょう》な化粧品会社《けしょうひんがいしゃ》へ行って、近くからながめてみないかい。ウェーバー先生に知らせてくるよ。みんなで散歩《さんぽ》に出かけてくるって」

気温《きおん》はひどくさがっていました。ブーツの下ではかわいた雪がキュッキュッと音をたてています。星のかがやく夜空《よぞら》には丸い月がやさしくほほえみ、化粧品会社《けしょうひんがいしゃ》を見下《みお》ろしています。月明かりに照《て》らされた建物《たてもの》は、真《ま》っ白《しろ》なアンゴラウサギのように、明るく光っていました。いくらかはなれた二つの部屋《へや》の窓《まど》から明かりがもれ、中庭《なかにわ》に、二本の太い筋《すじ》を描《えが》きだしています。

本館《ほんかん》の建物《たてもの》の大きな玄関《げんかん》は、訪《おとず》れる人を歓迎《かんげい》しているようです。柵《さく》もなくとてもオープンな明るい感《かん》じがします。それとは反対《はんたい》に、その横《よこ》には有刺鉄線《ゆうしてっせん》の柵《さく》に囲《かこ》まれたかざり気《け》のない建物《たてもの》があり、身《み》をかくすように建《た》っています。植《う》えたば

かりの茂《しげ》みに、かくれるようについている入り口へは、重《おも》い鉄格子《てつごうし》の門を通らなければたどりつけません。門の前には赤いふちどりの丸い標識《ひょうしき》が、中庭《なかにわ》へ入らないよう、警告《けいこく》しています。

背中《せなか》がぞくぞくしました。興奮《こうふん》しているせいなのか、寒《さむ》いからなのか、マリーには自分《じぶん》でもわかりませんでした。マリーはぶ厚《あつ》いジャケットのえりを立ててふるえるあごを包《つつ》みこむと、もの問《と》いたげにフーバーさんの顔を見ました。

「これからどうするの？」

フーバーさんはしばらく考えてから言いました。

「建物《たてもの》の中にはまだ従業員《じゅうぎょういん》が残《のこ》っているようだ。運《うん》がよければ門のカギは開《あ》いているかもしれない。そうすれば、中に入れる。それで、窓《まど》から中をのぞいてみよう。なにかわかるかもしれない。それにしても、こんなに遅《おそ》くまで働《はたら》いているなんて、奇妙《きみょう》だなあ。いずれにしても、見つからないよう、気をつけるんだ。そもそも、ここは立ち入り禁止《きんし》の場所《ばしょ》なんだから。わかったね？」

フーバーさんは頭を軽《かる》くふり、標識《ひょうしき》をさすと、つづけました。

「箱《はこ》のひみつの答えを見つけるには、ほかに方法《ほうほう》はない。いいかい、約束《やくそく》だ。この小さな冒険《ぼうけん》のことは、ここにいる四人だけのひみつだよ。ほんとうなら寝《ね》ているはずの時間なんだ。それなのに、ひとさまの土地《とち》にしのびこんで探偵《たんてい》ごっこをしたなんて知られたら、きみたちのお父さんやお母さんに大目玉を食《く》らってしまうよ」

三人の友だちは力強《ちからづよ》くうなずきました。約束《やくそく》をちかうために、四人は手を重《かさ》ねあわせ、小声《こごえ》で言いました。「約束《やくそく》する！」

それから、フーバーさんは指示《しじ》しました。

「マルクス、マイケ、チョコチップ。きみたちはここでパレット*のうしろにかくれて見張《みは》っていてくれ。なにかが動《うご》いたり、だれかが敷地《しきち》に近づいてきたりし

＊**パレット**：輸送《ゆそう》や物流《ぶつりゅう》に使《つか》う、荷物《にもつ》をのせる、すのこ状《じょう》の板《いた》。

たら、フクロウのように鳴《な》いて、危険《きけん》を知らせてくれ。わしとマリーで窓《まど》に近づく」

マリーは少《すこ》しばかり青ざめました。けれども暗《くら》やみなので、だれからも気づかれていません。マリーは興奮《こうふん》していました。たくさんのテントウムシがタンゴをおどっているかのように、おなかがむずむずし、きんちょうしています。それと同時《どうじ》に、重要《じゅうよう》な任務《にんむ》を与《あた》えられ、ほこらしく感《かん》じていました。マリーは勇敢《ゆうかん》にうなずき、忍《しの》び足でフーバーさんを追《お》いかけました。

足元《あしもと》で雪がきしむ音も、雪の積《つ》った枝《えだ》を鳴《な》らす冬《ふゆ》の風の音も、マリーには聞こえていません。集中《しゅうちゅう》し、建物《たてもの》から目をはなすことなく、鉄格子《てつごうし》の門にしのびよりました。

茂《しげ》みにたどりついたところで、とつぜん、マリーとフーバーさんは身《み》をすくませました。フーバーさんはマリーを引《ひ》っぱり、茂《しげ》みのかげにかくれました。フー

バーさんは寒《さむ》さでふるえるくちびるに人さし指《ゆび》を当てて、このままかがんで待《ま》つよう、合図《あいず》しました。

しばらくすると、建物《たてもの》の中の明かりが消《き》えました。フーバーさんは、じきにだれかが出てくるのではないかと、心配《しんぱい》していました。けれども、すぐに別《べつ》の窓《まど》に明かりがともったので、大きく息《いき》をはきだしました。

「部屋《へや》を移動《いどう》しているらしい」フーバーさんはマリーにささやきました。

「祈《いの》っていてくれ、お姫《ひめ》さま、だれも出てこないようにね。見つかったら、この小さな発見《はっけん》の旅《たび》も、始《はじ》まらないうちにおわってしまう」

エサをついばむニワトリのように、ふたりは身《み》をかがめたまま門に近づいていきました。フーバーさんの予想《よそう》は当たっていました。鉄格子《てつごうし》の門には、カギはかかっていません。フーバーさんがそっとノブに手をかけると、ギーッとため息《いき》のような音をたてました。マリーの背中《せなか》が凍《こお》りつきました。ふたりはかたまったたまま、顔を見合わせました。意地《いじ》の悪《わる》い門のノブは、マリーとフーバーさんを困《こま》らせようとしたのでしょうか？　氷《こおり》の彫像《ちょうぞう》のように、ふたりはその場《ば》に立ちつくし、静《しず》けさの中で耳を澄《す》ましました。なにも聞こえません。マリーとフーバーさんはほっと息《いき》をはきだし、にこっとしました。そして、偵察《ていさつ》をつづけました。

明かりのついた窓《まど》の下までやってくると、フーバーさんは両手《りょうて》の指《ゆび》を組み、手のひらでふみ台《だい》を作《つく》り、マリーに耳うちしました。

「気をつけるんだよ！」

マリーがフーバーさんの手のひらに足をかけ、フーバーさんがマリーを高く持《も》ちあげました。こうしてマリーは、窓台《まどだい》の高さまで持《も》ちあげてもらったおかげで、部屋《へや》の中のようすをうかがうことができました。マリーは右の手袋《てぶくろ》で、凍《こお》りついた窓《まど》ガラスをごしごしこすりました。

部屋《へや》の明るさに目がなれるまでには少《すこ》しばかり時間がかかりました。

「なにか見えるかい？」フーバーさんはそわそわしながらささやき、さらにもう少《すこ》し高く持《も》ちあげました。

寒《さむ》さで、マリーの顔がこわばりました。肩《かた》も動《うご》きません。すっかり感覚《かんかく》がなくなっています。けれども、心《こころ》の中では熱《あつ》いものが燃《も》えあがっていました。

それから少《すこ》しばかりすると、マリーは持《も》ち直《なお》し、舌《した》も動《うご》くようになりました。

「ええ、見えるわ」マリーはハアハアと苦《くる》しそうに息《いき》をしながら言いました。

白いタイルばりの寒々《さむざむ》とした部屋《へや》の中に、二十ほどのケージが見えます。その中でなにかが動《うご》いています。マリーは目を細めました。すると、それがなにか、わかりました。モルモットとイエウサギとネズミです。ほぼすべての動物《どうぶつ》の背中《せなか》の毛がそられています。

白衣《はくい》の侵入者《しんにゅうしゃ》

そのとき、足音が聞こえてきました。あわただしく歩く音です。白いタイルばりの部屋《へや》のドアが勢《いきお》いよく開《ひら》き、人が入ってきました。顔はかげになってよく見えません。マリーはさっと身《み》をかがめました。見つからなかったようです。

マリーが急《きゅう》に動《うご》いたせいで、フーバーさんは、左右にぐらぐらとよろめいて、あやうくバランスを失《うしな》うところでした。マリーはすまなそうに片手《かたて》をあげて、あともう少《すこ》しがんばってくれるよう、合図《あいず》しました。

マリーは、心《こころ》の中で十まで数え、窓台《まどだい》の高さまで首《くび》をのばし、そっと中をのぞきこみました。中で、なにがおこっているのでしょうか？

人の姿《すがた》が見えます。白衣《はくい》の下にフードのついたグレーのプルオーバーを着《き》ています。フードを深《ふか》くかぶっているのと、窓《まど》に背中《せなか》を向《む》けているせいで、顔はわか

りません。

白衣《はくい》の人はケージの上にかがみこみ、二匹《ひき》のモルモットをとりだし、木箱《きばこ》に入れました。マリーは驚《おどろ》きのあまり、動《うご》けなくなってしまいました。そうです、あの箱《はこ》です！　シェルターの前に捨《す》てられていたのと同じ白い箱《はこ》です！　マリーはすぐに気がつきました。

白衣《はくい》の人はケージのとびらをとじ、箱《はこ》のふたをしめました。それから明かりを消《け》すと、急《いそ》いで部屋《へや》を出ていきました。

「まずい！　シュテファン、急《いそ》いで！　すぐにもどらないと！」マリーはふるえる声で言いました。

フーバーさんはすぐに状況《じょうきょう》をのみこみ、マリーをすばやくおろしました。そしてふたりは一刻《いっこく》も早く敷地《しきち》を出ようと、深《ふか》い雪の中を急《いそ》ぎました。

鉄格子《てつごうし》の門の前で、マリーは凍《こお》りついた地面《じめん》に足をすべらせ、雪の中に頭からつっこんでしまいました。フーバーさんはマリーをあわてて引《ひ》きおこすと、引《ひ》きずるように連《つ》れて走《はし》りだしました。

そのとき、建物《たてもの》の入り口のドアが開《ひら》き、あふれだした牛乳《ぎゅうにゅう》のような、ぼんやりとした白い光が中庭《なかにわ》にもれてきました。その瞬間《しゅんかん》、フクロウの警報《けいほう》も聞こえてきました。

マイケとマルクスが、仲間《なかま》の危険《きけん》に気がついたのです。

あと数秒《すうびょう》もすれば、白衣《はくい》の人も外《そと》へ出てきてしまいます。このままでは、マリーとフーバーさんは見つかってしまいます。そんなことになれば、ふたりは警察《けいさつ》につきだされてしまいます。他人《たにん》の土地《とち》にしのびこんで、こそこそかぎまわっていたのですから。そして、とうぜんこの会社《かいしゃ》への出入りを禁止《きんし》され、動物《どうぶつ》たちを助《たす》けだせなくなってしまうのです。

転《ころ》んだせいで、マリーの足はひどく痛《いた》みました。それに、はげしく息《いき》をしたせ

いで胸《むね》が熱《あつ》くなっています。マリーは、飛《と》びだしてきた動物虐待者《どうぶつぎゃくたいしゃ》に、首根《くびね》っこをつかまれている場面《ばめん》を思いうかべました。

そのとき、玄関《げんかん》の明かりが消《き》えて、音をたてずに開《ひら》いたドアから、フードをかぶった頭が出てきました。それから、頭は左右に動《うご》きました。なにかを探《さぐ》っているようです。人に見つかるのを恐《おそ》れているのでしょうか？　けれども、ほかにはだれもいないようです。

その間に、マリーとフーバーさんは、ほかのみんながかくれている、パレットの山のうしろに飛《と》びこみました。

ふたりはハアハアと息《いき》をはずませながら、ようすをうかがいました。白衣《はくい》の人は駐車場《ちゅうしゃじょう》に箱《はこ》を運《はこ》んでいきます。それから、青い車のドアを開《あ》け、助手席《じょしゅせき》に箱《はこ》をのせて走《はし》りだしました。

みんなは、相手《あいて》に気づかれることなく、無事《ぶじ》に四輪駆動車《よんりんくどうしゃ》までもどると、青い車を追《お》いかけました。なにもかもがあっというまのことで、次々《つぎつぎ》におこるできごとを、いちいち頭の中で整理《せいり》しているゆとりはありませんでした。トランポリンのように、頭の中ではさまざまな考えが飛《と》びかっていました。

「やっぱりそうだったか！　こんなことではないかと思ったよ！」フーバーさんは、小さな青い車から目をはなさずに言いました。

「あれは、実験用《じっけんよう》の動物《どうぶつ》たちだよ！　ベラフルールはクリームを製造《せいぞう》している会《かい》社《しゃ》だ。モルモットやウサギやネズミを使《つか》ってテストしているんだ。まったくとんでもないことだ！　できあがった化粧品《けしょうひん》の検査《けんさ》をするのに、ドイツでは一九八九年から動物実験《どうぶつじっけん》は禁止《きんし》されているんだ！　だけど、金がかせげるとなると、どんなことでもするようだ……。化粧品《けしょうひん》はいくつかの物質《ぶっしつ》をまぜて作《つく》られる。それを製品《せいひん》として販売《はんばい》する許可《きょか》をもらうには、その製品《せいひん》が安全《あんぜん》かどうか、事前《じぜん》にテスト

しなければならないんだ。動物《どうぶつ》を使《つか》わなくてもテストする方法《ほうほう》はある。たとえば試験管《しけんかん》の中で毒性《どくせい》を調《しら》べるとか、コンピュータシミュレーションから毒性《どくせい》を推定《すいてい》するという方法《ほうほう》がある。それなのに、今《いま》でも動物《どうぶつ》を使《つか》わなければ検査《けんさ》できないと思っているんだよ、この会社《かいしゃ》は。動物《どうぶつ》たちは抵抗《ていこう》できないからね」

フーバーさんは腹《はら》を立ててハンドルを強《つよ》くたたきました。あまりにも強《つよ》くたたくので、荷物室《にもつしつ》のチョコチップまでが驚《おどろ》き、身《み》をすくめました。

大きな雪が、くるくるまわりながら車のフロントガラスにぶつかります。フーバーさんは、青い車を見失《みうしな》わないよう、必死《ひっし》に追《お》いかけました。近づきすぎれば相手《あいて》に気づかれてしまいますし、間隔《かんかく》があきすぎれば見失《みうしな》ってしまいます。

目の前の車は、新雪《しんせつ》の積《つ》もった村の中央通《ちゅうおうどお》りを進《すす》んでいきました。そして、教会の泉《いずみ》を左に曲《ま》がったところで、マリーははっとしました。意識《いしき》の的《まと》に矢《や》が当たったように、はっきりとわかったのです。

「あの人、うちに向《む》かっているのよ。動物病院《どうぶつびょういん》へ行くんだわ！」マリーはさけびました。

マイケとマルクスは目を丸くして、マリーを見つめました。

「そうだよ、お姫《ひめ》さま」フーバーさんは暗《くら》い声で答えると、暗《くら》やみの中をじっと見つめました。「シェルターの前に動物《どうぶつ》をおいていった犯人《はんにん》がじきにわかる。いいかい、みんな！　チョコチップも！　心《こころ》の準備《じゅんび》をしておくんだ。あいつが箱《はこ》をドアの前においたら、いっせいに飛《と》びかかるぞ。こんどこそ、つかまえるんだ。どんな言いわけをするか楽しみだ」

青い車が動物病院《どうぶつびょういん》に近づくにつれて、みんなのきんちょうは高まっていきました。はだで感《かん》じられるほど、空気《くうき》はぴりぴりしていました。

はたして、犯人《はんにん》をとりおさえられるでしょうか？　抵抗《ていこう》し、おそいかかってきたら、どうなってしまうのでしょうか？　マリーの頭の中で、次《つぎ》から次《つぎ》へと疑問《ぎもん》がわきおこりました。けれども、そのことをゆっくり考えるゆとりはありません。

チョコチップは、全身《ぜんしん》の筋肉《きんにく》をきんちょうさせています。白黒の斑点《はんてん》もようのしっぽはまっすぐに、うしろに向《む》かってぴんとのびています。動物虐待《どうぶつぎゃくたい》なんてゆるさない、思い知らせてやるぞ！　そんなことを考えているのでしょう。犬の表情《ひょう じょう》から、飛《と》びかかる準備《じゅんび》ができているのがわかりました。

こんなに深刻《しんこく》な場面《ばめん》でなければ、マリーはチョコチップのことを笑《わら》っていたはずです。

青い車が動物病院《どうぶつびょういん》の敷地《しきち》に入り、納屋《なや》のかげにかくれるように止《と》まると、フーバーさんもマリーもマイケもマルクスも、それにチョコチップまでもが、声を発《はっ》しなくなりました。

侵入者《しんにゅうしゃ》に気づかれないよう、フーバーさんは車を通りに止《と》めました。ぼやぼやしてはいられません。みんなは急《いそ》いで中庭《なかにわ》に入り、馬小屋《うまごや》の壁《かべ》に体をおしつけ、かくれました。

犬はぐいぐいと綱《つな》を引《ひ》っぱります。マリーは、必死《ひっし》になってチョコチップのリードをつかんでいました。好《す》きなようにさせれば、きっと侵入者《しんにゅうしゃ》に突進《とっしん》してしまいます。

それから、侵入者《しんにゅうしゃ》は車をおり、助手席《じょしゅせき》の箱《はこ》を持《も》って診療所《しんりょうじょ》の入り口に歩いていきました。そして階段《かいだん》の一番《いちばん》上に箱《はこ》をおくと、ドアの呼《よ》び鈴《りん》を鳴《な》らし、きびすを返《かえ》し、その場《ば》を立ちさろうとしました。

「マルクス、マイケ、きみたちは右から、マリーとわしは左からおさえこむ！行くぞ、せえのっ！」フーバーさんは小声《こごえ》で言いました。「今《いま》だ！」

あやしい人影《ひとかげ》は驚《おどろ》いて、よろめき、階段《かいだん》で足をすべらせました。けれども、す

ぐにバランスをとりもどし、逃《に》げようとしました。

そのとき、チョコチップがズボンのすそに食《く》いつき、ウーウーうなって引《ひ》っぱりました。そこへ四人が飛《と》びかかり、手足をおさえつけました。侵入者《しんにゅうしゃ》は頭から雪の中につっこみ、たおれました。くるったように手足をばたつかせ、のがれようとしています。けれども、四人と一匹《びき》を相手《あいて》に逃《に》げられるはずはありません。ほんの少《すこ》し暴《あば》れただけで、すぐに観念《かんねん》し、おとなしくなりました。

白衣《はくい》の侵入者《しんにゅうしゃ》は体をおこし、雪の中にすわりこんでしまいました。チョコチップはあいかわらずズボンのすそに食《く》らいついたまま、うなり声をあげて威嚇《いかく》しています。

そこで、侵入者《しんにゅうしゃ》がフードをとりました。

マリーは、わが目をうたがいました。想像《そうぞう》していた人物《じんぶつ》とはまったくちがっていたからです。ぞっとするような、暗《くら》い表情《ひょうじょう》の男を思い描《えが》いていたのに、目の前にあらわれたのは、不安《ふあん》におびえたやさしい顔の、若《わか》い女性《じょせい》だったのです！

悲《かな》しい物語《ものがたり》

アレクサンドラ・ラウバーの目からあふれだした、ガラス玉のようななみだは、ほおを伝《つた》って落《お》ち、ホットココアの入ったカップの中で小さな波《なみ》をたてました。フーバーさんの家《いえ》のキッチンテーブルの上には、塩《しお》からい小さな湖《みずうみ》ができてしまいそうでした。夜《よる》はふけていきます。それなのにマリーの目はさえていました。

アレクサンドラさんの話にひきつけられていたのです。

アレクサンドラさんは、告白《こくはく》のとちゅうではげしく泣《な》いたり、鼻《はな》をかんだりしました。そのせいで、なんども話が中断《ちゅうだん》されました。それでも、マリーは話の流《なが》れを一生懸命《いっしょうけんめい》に追《お》いかけました。アレクサンドラさんは目になみだをいっぱいにためて、すべてのやましい気持《きも》ちをホットココアの中に沈《しず》めているかのように、じっとカップの中を見つめ、とほうにくれていました。

アレクサンドラさんは、数か月ほど前から実験助手《じっけんじょしゅ》としてベラフルールで働《はたら》いています。長いことかかってようやく見つけた職場《しょくば》でした。ですから、感謝《かんしゃ》しながら、楽しんで働《はたら》いていましたが、それは、実験用《じっけんよう》の動物《どうぶつ》を見せられるまでのことでした。アレクサンドラさんは、ウサギやモルモットやネズミの世話《せわ》をし、製《せい》造《ぞう》されたハンドクリームが安全《あんぜん》に使《つか》えることを確《たし》かめるために、動物《どうぶつ》たちを使《つか》って数々《かずかず》の実験《じっけん》をしなければならなくなったのです。

そうです。ベラフルールでは動物実験《どうぶつじっけん》が行われていたのです！　こんなことをさせられると知って、目の前が真《ま》っ暗《くら》になりました。アレクサンドラさんは動物《どうぶつ》をなによりも愛《あい》しています。なんの罪《つみ》もない動物《どうぶつ》たちが、ひどくかわいそうでなりませんでした。クリームをぬった皮《ひ》ふが炎症《えんしょう》をおこしたり、膿《う》んだりするのを見るのはたえられませんでした。

けれども一方《いっぽう》で、仕事《しごと》を失《うしな》うことへの大きな不安《ふあん》も感《かん》じていました。さて、ど

うしたらいいのでしょうか？

マリーはコーナーベンチにすわり、となりでぎゅっと体をおしつけてすわっているチョコチップの頭をなでながら、考えていました。実験助手《じっけんじょしゅ》のアレクサンドラさんは動物《どうぶつ》が大好《だいす》きです。それなのに、どうしてあんなに寒《さむ》い日に、ネズミやモルモットをおいていってしまったのでしょうか？　そんなことをすれば死《し》んでしまうのはわかっていたはずです。それでは、いくら動物《どうぶつ》が好《す》きであっても、なんの意味《いみ》もありません！

とはいえ、マリーは確《たし》かなものを感《かん》じとっていました。アレクサンドラさんは真実《しんじつ》を語《かた》り、とても善良《ぜんりょう》な心《こころ》を持《も》った温《あたた》かい人だということを。マリーはアレクサンドラさんのことが、気の毒《どく》でなりませんでした。けれども、今《いま》ここで、どうして箱《はこ》をおきっぱなしにしたのか、その理由《りゆう》だけは聞いておかなければなりません！　マリーは思いきってたずねました。

すると、アレクサンドラさんはしゃくりあげて泣《な》きだしてしまいました。

「なにもかもがうまくいかなかった！　自分《じぶん》でも、あんなことになるとは思わなかったの。ネズミが死《し》んでもいいだなんて、少《すこ》しも思ってないわ」

アレクサンドラさんの目から、またもや大つぶのなみだがぽろぽろとこぼれ落《お》ち、青白いほおをぬらしました。

そこで、マルクスがティッシュペーパーをさしだしました。アレクサンドラさんはそれを受《う》けとり、マルクスに感謝《かんしゃ》のまなざしを向《む》けました。すると、マイケがマルクスをにらみつけました。

「自分《じぶん》でもどうしたらいいのかわからなかったの。まだ何か月も働《はたら》いていないのに会社《かいしゃ》をやめたら、次《つぎ》の仕事《しごと》をさがすのがむずかしくなってしまう。だって、まだ見習《みなら》い期間中《きかんちゅう》で、正式《せいしき》な社員《しゃいん》ではないんですもの！　それに、このままやめて

しまったら、動物《どうぶつ》たちを見捨《みす》ててしまうことにもなるわ。だから、せめて、なんども実験《じっけん》に利用《りよう》されてきた動物《どうぶつ》たちが、これ以上苦《いじょうくる》しまないようにしてあげたかった」

そこでとつぜん、チョコチップが立ちあがり、体をふりました。それから、そわそわしながら部屋《へや》の中を見わたしました。なにかをさがしているようです。

けれどもマリーは、チョコチップのことは気にとめず、夢中《むちゅう》になってアレクサンドラさんの話に耳をかたむけました。

「そこで、わたしはネズミとモルモットとウサギを箱《はこ》に入れて、動物病院《どうぶつびょういん》やシェルターへ運《はこ》んだの。いつも、少《すこ》しずつ。一度《いちど》にたくさんの動物《どうぶつ》がいなくなれば、実験《じっけん》がつづけられなくなって、社長《しゃちょう》にもうたがわれてしまう。見つかってやめさせられるのが怖《こわ》かった。ようやく手に入れた仕事《しごと》ですもの。働《はたら》いて、少《すこ》しでもきちんとしたくらしをしたかった。だから、仕事《しごと》を失《うしな》うわけにはいかないのよ」

チョコチップは興奮《こうふん》しています。椅子《いす》から飛《と》びおり、家《いえ》のすみずみまでにおいをかいでまわりました。けれども、あいかわらずだれも犬に注意《ちゅうい》を向《む》けようとしません。アレクサンドラさんの話が、あまりにも衝撃的《しょうげきてき》だったからです。それから、アレクサンドラさんはマリーと向《む》きあいました。

「マリー、診療所《しんりょうじょ》の前にネズミの箱《はこ》をおいたとき、チャイムを鳴《な》らそうとしたの。でも、そのときちょうど玄関《げんかん》の明かりがついて、先生がカバンを持《も》って出ていら

した。きっと救急《きゅうきゅう》の患者《かんじゃ》さんがいて、診療《しんりょう》に呼《よ》ばれたのね。だから、わたしは逃《に》げてしまったの！　見つかったら会社《かいしゃ》をクビになってしまうから。あのときは、先生が箱《はこ》に気づかないなんて考えもしなかった。ネズミたちにはかわいそうなことをしてしまったわ……」

アレクサンドラさんはひどく後悔《こうかい》しています。肩《かた》をふるわせ、しゃくりあげ、まったく口がきけなくなってしまいました。マリーはアレクサンドラさんの手をとり、なぐさめました。

「ココアのおかわりとクッキーがあるよ。ほしい人は？」フーバーさんはたずねると、コンロの前でせっせとココアを温《あたた》めなおしました。こんなときには、だれだって食欲《しょくよく》をなくしてしまうのは、フーバーさんにもよくわかっていました。

けれども、マリーはフーバーさんの人柄《ひとがら》をよく知っています。フーバーさんはみんなの気持《きも》ちをほぐして重苦《おもくる》しい空気《くうき》を変《か》えようとしているのです。マリーは感謝《かんしゃ》のまなざしでフーバーさんを見ました。マリーはこんなフーバーさんが大好《だいす》きです。

「それで、わたしたちが見つけたモルモットの入った箱《はこ》のことだけど、あのときはどうしてだれにも知らせなかったのよ」マイケはつっけんどんにたずねました。マイケだけは納得《なっとく》していません。マリーはマイケをひじでこっそりつつきました。

アレクサンドラさんは、ひどくきんちょうしながら話しています。けれども、それと同時《どうじ》に気分がよくなったようにも感《かん》じられました。ひみつをうちあけたことで、心《こころ》の重荷《おもに》から解放《かいほう》されたのでしょう。

「知らせようとしたわ！　玄関《げんかん》に向《む》かおうとしていたの。そこへあなたたちが馬《うま》でもどってきたのよ。わたしは驚《おどろ》いて、箱《はこ》をその場《ば》において、あわてて垣根《かきね》のうしろにかくれたの。そこからあなたたちのようすを見ていたわ。動物《どうぶつ》たちを見つ

けてくれたのがわかった。だからわたしはほっとして、そこをはなれたの」

一瞬《いっしゅん》、沈黙《ちんもく》が広がりました。みんなはとまどっていました。聞こえてくるのはアレクサンドラさんの静《しず》かな泣《な》き声と鼻《はな》をすする音、それに、チョコチップがクンクンかぎまわる鼻《はな》の音だけでした。

「そうだったのね。わたしたちったら、あなたにひどいことをしちゃったわ。いきなりおそいかかって、ごめんなさい！」マリーは仲直《なかなお》りをするように、アレクサンドラさんの肩《かた》に手をおきました。チョコチップも、ズボンのすそを攻撃《こうげき》したのを、悪《わる》かったと思っているらしく、キッチンの床《ゆか》にひれふし、くりくりとしたやさしい黒い目でアレクサンドラさんを見上げました。

アレクサンドラさんはやさしい表情《ひょうじょう》でほほえみました。

「いいのよ、気にしないで。それに、わたしも、やっとすべてをうちあけられた。この気持《きも》ち、わかるかしら？　どれほど安心《あんしん》したことか」アレクサンドラさんは大きく息《いき》をはきだし、ティッシュペーパーでチンと鼻《はな》をかみました。

フーバーさんはふたたびテーブルにつくと、親《した》しみをこめてアレクサンドラさんを見つめました。

「ここでは、どんなことを話してもいいよ。それだけじゃないぞ。きみには仲間《なかま》ができたんだ。動物《どうぶつ》を助《たす》けだす協力者《きょうりょくしゃ》たちさ。仕事《しごと》のことは心配《しんぱい》するな。どうせ、あの会社《かいしゃ》はつぶれるんだ。きみがあの会社《かいしゃ》に長くいなかった理由《りゆう》は、だれにでもわかるさ。それに、新しい職場《しょくば》をさがす協力《きょうりょく》もしよう。約束《やくそく》する」

そのときになって、マリーはようやく気がつきました。チョコチップがまたもやそわそわしながら家《いえ》の中を歩きまわっています。いったいどうしたというのでしょうか？

「わしらにどんなことができるかな？　なにかいい考えがあるかな？　たとえば、ベラフルールはどんなルートで動物《どうぶつ》を手に入れているか、知ってるかい？」

フーバーさんはたずねました。

アレクサンドラさんはうなずきました。

「あそこには、動物《どうぶつ》を繁殖《はんしょく》させる設備《せつび》が整《ととの》っていないの。だから、従業員《じゅうぎょういん》のひとりが定期的《ていきてき》に周辺《しゅうへん》の地域《ちいき》から〝仕入《しい》れ〟てくるの。クルト・ホイサーマンという人が担当《たんとう》しているわ。その人、とってもいかがわしい人よ」

アレクサンドラさんは、男の姿《すがた》を思いうかべ、身《み》ぶるいしました。

「あの人は、いつも新聞《しんぶん》で動物取引《どうぶつとりひき》の広告《こうこく》をさがしているの。動物《どうぶつ》をゆずりたいという人と連絡《れんらく》をとって、動物好《どうぶつず》きのふりをして近づくのよ。それで、娘《むすめ》にモルモットやウサギをプレゼントするとか、てきとうにうそをついてゆずってもらって、研究室《けんきゅうしつ》にその動物《どうぶつ》を連《つ》れてくるのよ。動物《どうぶつ》たちがどうなろうと、ホイサーマンにはどうでもいいみたい。動物《どうぶつ》の世話《せわ》だって、自分《じぶん》ではやらずにほかの社員《しゃいん》にさせているわ。それなのに、自分《じぶん》は動物《どうぶつ》を一匹《ぴき》手に入れてくるたびに、社長《しゃちょう》からボーナスをもらっているのよ。あの男はお金にきたなくて、自分《じぶん》の身内《みうち》まで売《う》ってしまうような悪《わる》い人間《にんげん》よ」

フーバーさんは、しわだらけの大きな手でテーブルをバンッとたたきました。

「それだ！　動物虐待者《どうぶつぎゃくたいしゃ》をとっちめられるいい方法《ほうほう》があるぞ。新聞広告《しんぶんこうこく》を出そう。『モルモットとウサギを安《やす》くゆずります』ってね。ウェーバー先生にも協力《きょうりょく》してもらって、そのホイサーマンとやらにわなをしかけるんだ」フーバーさんはいわくありげにマルクスに笑《わら》いかけました。

マリーはチョコチップを観察《かんさつ》しながら、いったいなにをしているのか考え始《はじ》めました。あいかわらず、しめった黒い鼻《はな》で、興味津々《きょうみしんしん》に家《いえ》の中のかどというかどを、棚《たな》の中を、そして、部屋中《へやじゅう》をかぎまわっています。

「チョコチップ？　どうかしたの？　なにをさがしているの？」

小さな雑種犬《ざっしゅけん》は足を止《と》めると、小さな頭を少《すこ》しばかり横《よこ》に向《む》けました。それか

ら非難《ひなん》するような目でマリーをじっと見つめました。こんなことを言おうとしているのでしょう。

『頭をしっかり働《はたら》かせて考えてごらんよ。ここにいないのはだれだ？』

　そのとき、マリーはようやく気がつきました。ミルバです！　こんなふうに、フーバーさんのキッチンにみんなが集《あつ》まるときには、赤茶《あかちゃ》の小さなトラ猫《ねこ》もいっしょにいます。これまでに、欠席《けっせき》したことはありません。きょうのように雪のふる日にはなおさらです。すすんで外《そと》へ出かけることなど考えられません。さて、ミルバはどこへ行ってしまったのでしょうか？

救出作戦《きゅうしゅつさくせん》

もうじきクリスマスです。

焼《や》きたての、シナモン風味《ふうみ》の星形《ほしがた》クッキー、三日月形《みかづきがた》の*バニラキプフェル、それに、焼《や》きリンゴ。甘《あま》い香《かお》りがただよい、わくわくします。心待《こころま》ちにしていた願《ねが》いごとも、もうじきかないます。とはいえもう少《すこ》し、しんぼうしなければなりません。プレゼントはまだ、棚《たな》やベッドの下で、そのときが来《く》るのを待《ま》っています。

けれども、そんな楽しいクリスマスのふんいきは、動物病院《どうぶつびょういん》にはありません。ミルバは行方不明《ゆくえふめい》のままです。

二日前、地面《じめん》にのみこまれてしまったかのように姿《すがた》を消《け》したきり、もどってきません。フーバーさんと子どもたちは、家畜小屋《かちくごや》の中から診療所《しんりょうじょ》、放牧場《ほうぼくじょう》と、動《どう》

＊バニラキプフェル：バニラ風味《ふうみ》の三日月形《みかづきがた》のクッキー。

物病院《ぶつびょういん》のすみずみまでさがしました。大声で呼《よ》びかけたり、好物《こうぶつ》でおびきよせようとしたりしました。診療所《しんりょうじょ》や村のあちこちにポスターをはり、村の人にもたずねまわりました。けれども、だれもミルバの姿《すがた》を見ていません。赤茶《あかちゃ》の猫《ねこ》は、あとかたもなく消《き》えてしまいました！

フーバーさんは失恋《しつれん》をしたように悲《かな》しんでいました。前の晩《ばん》も、ほとんど眠《ねむ》っていません。そのせいで、目ははれあがり、インクがにじんだような、黒いくまもできていました。

デルテさんになぐさめられても、フーバーさんの心《こころ》の痛《いた》みはやわらぎません。深《ふか》い悲《かな》しみにおそわれ、動物救出作戦《どうぶつきゅうしゅつさくせん》のことすらわすれかけていました。

その日の昼《ひる》ごろ、地域《ちいき》の新聞広告《しんぶんこうこく》を見て連絡《れんらく》をよこしたクルト・ホイサーマンが、フーバーさんの家《いえ》の玄関《げんかん》のチャイムを鳴《な》らしました。それからは、大さわぎとなって、フーバーさんもしばし悲《かな》しみをわすれられました。

ベラフルールの社員《しゃいん》、ホイサーマン氏《し》は白いステーションワゴンでやってきて、動物病院《どうぶつびょういん》の中庭《なかにわ》の真《ま》ん中《なか》に止《と》めました。『ここには車を止《と》めないでください』と大きな駐車禁止《ちゅうしゃきんし》の表示《ひょうじ》があるというのに、そんなことはおかまいなしです。

フーバーさんは玄関《げんかん》のドアを開《あ》ける前に、さっと電話《でんわ》をつかみ、マルクスの父《ち》親《おや》である村の警察官《けいさつかん》、ハイナー・ロート巡査部長《じゅんさぶちょう》に連絡《れんらく》しました。

「ハイナー、時間だ。フリードリヒさんと出発《しゅっぱつ》してくれ」フーバーさんは電話《でんわ》に向《む》かってこそこそ言いました。

アレクサンドラさんの説明《せつめい》はまちがっていませんでした。玄関《げんかん》の前に立った男は、ずるがしそうな目をした、よからぬことをたくらむキツネのような顔をしています。少《すこ》しばかり猫背《ねこぜ》で、うすい、あぶらぎった髪《かみ》をきっちりと横《よこ》わけにし、寒《さむ》さのせいなのか、アルコールのせいなのか、丸い鼻《はな》は赤くなっていました。頭

のてっぺんからつま先まで、全身《ぜんしん》を使《つか》って大げさにふるまい、親切《しんせつ》な人を演《えん》じています。

「ホイサーマンといいます」男は、やたらとこびるような口調《くちょう》で自己紹介《じこしょうかい》しました。「お電話《でんわ》したとおり、二匹《ひき》のモルモットのことで参《まい》りました。お話ししましたとおりでして、クリスマスにぜひともプレゼントしてほしいと息子《むすこ》にせがまれましてね……」

キッチンで、間近《まぢか》にせまった家畜小屋《かちくごや》でのクリスマスパーティーの準備《じゅんび》をしていたマリーとマイケも、玄関《げんかん》まで出てきました。ふたりはフーバーさんの小さな芝居《しばい》に協力《きょうりょく》し、みごとに脇役《わきやく》を演《えん》じました。

マリーとマイケは悲《かな》しそうな顔をして、フーバーさんにすりよりました。

「ねえ、パパ、このままうちで飼《か》ってもいいでしょ？　お願《ねが》い、お願《ねが》い！」マイケは同情《どうじょう》を引《ひ》くような目つきをし、あわれな声を出しました。

フーバーさんは首《くび》を横《よこ》にふり、きびしい表情《ひょうじょう》で娘役《むすめやく》の少女《しょうじょ》たちをとがめました。

「だめだ。まっぴらごめんだ。ニーナとニクセはうちでは飼《か》えない。おまえたちがちっとも世話《せわ》をしないからだ。自分《じぶん》の責任《せきにん》だぞ。たびたび注意《ちゅうい》したじゃないか。なんど言ってもわからないんだから。もういいかげんにしてくれ。わしのがまんも限界《げんかい》だ」

フーバーさんは大げさにため息《いき》をつきながら、あやしげな男に向《む》き直《なお》り、

玄関《げんかん》に用意《ようい》しておいたモルモットの入ったかごをさして言いました。

「娘《むすめ》たちはいつもこうなんですよ。ほしがるから買ってやっても、かわいがるのははじめだけ。最初《さいしょ》はおもしろがって熱中《ねっちゅう》していますけど、長つづきなんてしませんよ。そのうちだれも世話《せわ》をしなくなる。おたくの息子《むすこ》さんはそんな子ではないと、望《のぞ》んでいますよ！」

ホイサーマン氏《し》は、フーバーさんに同情《どうじょう》するふりをして、うなずきました。

「ええ、ええ、おっしゃることはよくわかります。でも、心配《しんぱい》いりませんよ。息《むす》子《こ》はたいへんきちょうめんな性格《せいかく》ですから。あの子はモルモットの世話《せわ》をしっかりやるでしょう。とちゅうで投《な》げだしたりはしません。保証《ほしょう》しますよ。わたしも手伝《てつだ》いますからだいじょうぶです。わたしくらいの年代《ねんだい》では、おはずかしいのですが、わたし、モルモットが大好《だいす》きなんですよ」

マイケはあまりにもひどいうそに驚《おどろ》き、見開《みひら》いた目をぎょろぎょろ動《うご》かしました。

ホイサーマン氏《し》の目が、ハチミツをぬったパンの上に止《と》まったハエのように、モルモットの入ったかごにぴたりとはりついています。

フーバーさんとマリーとマイケにはわかりました。このうそつき男は、かごを手に入れるまでは引《ひ》きさがらないつもりです。

「いいでしょう。八十ユーロでいいですよ。それで、この二匹《ひき》はあなたのもの」

フーバーさんはやたらめったら明るい声で言いました。

ホイサーマン氏《し》の明るい顔が、さっと暗《くら》くなりました。マリーとマイケは男の表情《ひょうじょう》が変《か》わったのを見のがしませんでした。

「八十ユーロだって？　モルモット二匹《ひき》で？」

ホイサーマン氏《し》のこめかみには青い脈《みゃく》がうきあがり、ぴくぴく動《うご》いています。

男は自分自身《じぶんじしん》とたたかっているのでしょう。気持《きも》ちをおさえ、大きな声を出さな

いように必死《ひっし》です。

「それはあまりにも高すぎますよ。電話《でんわ》ではこうおっしゃったではないですか。モルモットをただでゆずってもいいと！」

フーバーさんはとぼけたふりをして、言いました。

「そうでしたっけ？　でも、やっぱり考え直《なお》しました。この子たちは格別《かくべつ》ですからね。きれいなモルモットでしょう。それに、かごも備品《びひん》もセットでおつけするんですよ！　もちろん、お宅《たく》までごいっしょさせてもらいますよ。いいですよね？　モルモットたちがもらわれていくお宅《たく》がどんなところか、きちんとこの目で確《たし》かめておきたいですからね。おわかりいただけますよね、もとの飼《か》い主《ぬし》の気持《きも》ちを」

そこでフーバーさんは、ホイサーマン氏《し》の目的《もくてき》のものを、ニンジンで馬《うま》をおびきよせるように、目の前につきつけました。そして今《いま》、ホイサーマン氏《し》は、ニンジンに食《く》らいつこうとしています。

　ホイサーマン氏《し》の目が怒《いか》りに燃《も》えています。水のいっぱいたまったコップに最《さい》後《ご》の一滴《てき》を入れた瞬間《しゅんかん》、水があふれだすように、わずかに残《のこ》っていたうわべだけの親切《しんせつ》さは、さっと消《き》えてなくなってしまいました。

「八十ユーロ⁉　おれの家《いえ》を検査《けんさ》する⁉」男は、毒《どく》をはきだすように言いはなちました。

「ちょっとおかしいんじゃないか⁉　こんなものに一セントだってはらうものか！　それに、おれのうちには一歩《ぽ》たりとも入れるわけにはいかない！」

　クルト・ホイサーマンは怒《いか》りくるっていたので、マリーは、男の丸い赤い顔が破裂《はれつ》するのではないかと心配《しんぱい》になりました。アレクサンドラさんの言ったとおり、男はほんとうに怒《おこ》りだしてしまいました。計画《けいかく》はみごとに成功《せいこう》しました。

　そのとき、ホイサーマン氏《し》がフーバーさんの手から、勢《いきお》いよくかごをもぎとりました。

「あんたはただでくれるつもりだったんだ。だから、おれはこのまま持《も》ち帰《かえ》る！」

男はさけびました。

フーバーさんはかごをとりかえすふりをしました。

「そんなことをするなんて、どろぼうじゃないですか！　おわかりですよね。警《けい》察《さつ》を呼《よ》びますよ！」フーバーさんはおどかしました。

けれども、ホイサーマン氏《し》はひるみません。男はかごをかかえて車に急《いそ》ぎ、後《こう》部《ぶ》座《ざ》席《せき》に乱《らん》暴《ぼう》に投《な》げこむと、運《うん》転《てん》席《せき》にすわりました。それからキーをまわし、そうぞうしい音をたてて走《はし》りだしました。みんなは、車が全《ぜん》速《そく》力《りょく》で敷《しき》地《ち》のかどを曲《ま》がっていくのを見とどけました。それから、急《いそ》いでコートをつかみました。

「さあ、追《お》いかけよう」フーバーさんはさけぶと、三人で四《よん》輪《りん》駆《く》動《どう》車《しゃ》にかけていきました。

「計画《けいかく》どおりに運《はこ》んでいる。男はモルモットをぬすんだぞ。もうじき、ベラフルールに到着《とうちゃく》するはずだ。そうしたら、男をつかまえてくれ」フーバーさんは電話《でんわ》で知らせました。

「了解《りょうかい》。われわれはもう現場《げんば》にいる。家宅捜索《かたくそうさく》の令《れい》状《じょう》もとってある。やつの到着《とうちゃく》が楽しみだ。それでは、またあとで」電話《でんわ》の向《む》こうでロート巡査部長《じゅんさぶちょう》が答え、電話《でんわ》は切れました。

まもなく、実験動物《じっけんどうぶつ》たちの苦《くる》しみがおわりのときをむかえます。マリーは勝《か》ちほこったような表情《ひょうじょう》でマイケを見ました。マリーはとても興奮《こうふん》していました！　耳の中で、ドクドクと流《なが》れる血液《けつえき》の音がひびいています。それからほどなくして、フーバーさん

の運転《うんてん》する車は化粧品会社《けしょうひんがいしゃ》に到着《とうちゃく》しました。

三人を乗《の》せた車が建物《たてもの》のかどを曲《ま》がると、すでにロート巡査部長《じゅんさぶちょう》はホイサーマン氏《し》を逮捕《たいほ》していました。

ホイサーマン氏《し》は足を広げ、パトカーにはりつくように立たされ、うしろ手に手錠《てじょう》がかけられていました。男は怒《いか》りくるってののしっています。

「おれがなにをしたっていうんだ？　なにも盗《ぬす》んでなんかいない。どうしてこんなことになるんだ？　このモルモットはたった今《いま》、買ってきたんだ。名誉棄損《めいよきそん》だ。おれがぬすんだ証拠《しょうこ》はあるのか⁉　すぐに手錠《てじょう》をはずせ！」

ホイサーマン氏《し》は、陸《りく》にあげられてバタバタともがく魚のように体をくねらせました。

「証拠《しょうこ》はある！」フーバーさんは大声で言うと、ロート巡査部長《じゅんさぶちょう》にうなずいて、あいさつしました。

「それは、うちのモルモットだ。ここにいるふたりの少女《しょうじょ》とわしが証人《しょうにん》だ」

マリーとマイケがにやりと笑《わら》うと、ホイサーマン氏《し》の顔が青ざめました。真《ま》っ赤《か》だった顔からみるみる血《ち》の気《け》が引《ひ》いていきました。

「今《いま》、同僚《どうりょう》が研究室《けんきゅうしつ》の中を調《しら》べている。窃盗《せっとう》だけでなく、動物保護法違反《どうぶつほごほういはん》で罪《つみ》を問《と》われることになるだろう。いいかげんがなり立てるのはやめて、パトカーに乗《の》るんだ！　なにをしようが逃《に》げられないぞ。さて、これから署《しょ》までドライブだ」

ロート巡査部長《じゅんさぶちょう》は男の頭に手のひらをおしあて、パトカーの中へおしこみました。

「よくやったぞ、みんな！　シュテファン、協力《きょうりょく》に感謝《かんしゃ》するよ。ありがとう。この会社《かいしゃ》には楽しい裁判《さいばん》が待《ま》っているよ。研究所《けんきゅうじょ》はただちに閉鎖《へいさ》だ。動物《どうぶつ》たちはシェルターに引《ひ》きとってもらうことになるだろう」ロート巡査部長《じゅんさぶちょう》はフーバーさんの肩《かた》をたたきました。

家《いえ》へもどる間、三人はだまりこんでいました。はらはらドキドキするようなできごとを、まず、心《こころ》の中で整理《せいり》しなければならなかったからです。外《そと》では色あせた冬《ふゆ》の太陽《たいよう》が、丘《おか》の向《む》こうに消《き》えかかり、野原《のはら》の上には暗《くら》やみが広がり始《はじ》めていました。

はじめに沈黙《ちんもく》を破《やぶ》ったのはフーバーさんでした。

「マリー、先生がいい知らせを持《も》ってきてくださったよ。いつも診療所《しんりょうじょ》が血液検《けつえきけん》査《さ》をたのんでいる研究所《けんきゅうじょ》で、定年《ていねん》をむかえて退職《たいしょく》される方《かた》がいるそうだ。アレクサンドラは、来月《らいげつ》から、そこでやとってもらえるらしいよ」

マリーは顔をかがやかせました。

「それはすてき」

そうは言ったものの、マリーの心《こころ》は晴れません。

ほんとうなら、これでなにもかもが丸くおさまるはずでした。けれども、まだ、ミルバがもどってきません……。

プレゼントの山

日がくれて、野原《のはら》と森と空の色はとけあい、黒一色《しょく》になりました。動物病院《どうぶつびょういん》と家畜小屋《かちくごや》と中庭《なかにわ》だけは、天空《てんくう》からこぼれ落《お》ちた星のように明るくかがやいています。二色《しょく》の絵の具《ぐ》が水の中で一つになっていくように、マリーの心《こころ》は不安《ふあん》と喜《よろこ》びがまざりあっていました。ミルバを心配《しんぱい》する気持《きも》ちと、家畜小屋《かちくごや》でのクリスマスパーティーへの喜《よろこ》びの気持《きも》ちです。

ごく親《した》しい友人《ゆうじん》とともに、家畜小屋《かちくごや》でプレゼントを交換《こうかん》し、動物《どうぶつ》たちとともにもう一つのクリスマスを祝《いわ》うのは、ウェーバー家《け》のならわしです。パーティーには、じゅうぶんに元気をとりもどした入院中《にゅういんちゅう》の動物《どうぶつ》たちも参加《さんか》しています。犬、猫《ねこ》、ウサギ、モルモット、ミニブタ、ヤギ。動物《どうぶつ》たちは食べたり、床《ゆか》に寝《ね》そべったりしています。ボックスの中の馬《うま》のフーバーさんとペッパーも、特別《とくべつ》にニンジンをもらいました。満足《まんぞく》そうにもぐもぐと口を動《うご》かす音が家畜小屋《かちくごや》にひびいています。

マイケと両親《りょうしん》のシュタウテ夫妻《ふさい》、マルクスと父親《ちちおや》のロート氏《し》、ロート家《け》の犬、ハンスさんにパラスさん、マリーとウェーバー夫妻《ふさい》、チョコチップ、デルテさんとフーバーさん。アレクサンドラさんも招待《しょうたい》されました。けれども、ミルバだけはいませんでした。

みんなはフーバーさんをはげましたくて、さかんに話しかけて場《ば》をもりあげようとしました。

「そんなに気をつかわないでくれよ。平気《へいき》だよ」フーバーさんは手を横《よこ》にふりながらぼそっと言いました。

けれども、フーバーさんが晴れない気分でいるのを、みんなはわかっていました。

ミルバのいないクリスマスパーティーは、フーバーさんにとってはひどく色あせて見えます。ホットココア、おいしいクッキー、ボックスにかざりつけられた銀色《ぎんいろ》にきらめく星、プレゼントの山、楽しい会話《かいわ》。そのどれもが、フーバーさんには味気《あじけ》なく感《かん》じられました。

プレゼントは次々《つぎつぎ》に開《あ》けられ、新しい持《も》ち主《ぬし》のかたわらにおかれていきました。ハンスさんは馬《うま》の写真集《しゃしんしゅう》を、マリーはペッパーにかける毛布《もうふ》をもらい、大喜《おおよろこ》びです。ウェーバー先生は、その年に治療《ちりょう》して元気になった動物《どうぶつ》たちのアルバムをめくりながら感激《かんげき》しています。フーバーさんは、デルテさんからすてきな手編《てあ》みのセーターを、マリーとマイケからは猫《ねこ》の本をプレゼントされました。少女《しょうじょ》たちはその本を一週間前に買いました。けれどもそのときは、一週間後《ご》にこんなことがおこるなどと、想像《そうぞう》していませんでした。そんなわけで、フーバーさんには気の毒《どく》なことをしてしまったと思っていました。

アレクサンドラさんは、太陽《たいよう》のように顔をかがやかせています。実験動物《じっけんどうぶつ》たちは安全《あんぜん》な場所《ばしょ》にうつしてもらい、新《あら》たな幸《しあわ》せを見つけたからです。それに、自分《じぶん》自身《じしん》も、獣医学研究所《じゅういがくけんきゅうじょ》で働《はたら》かせてもらえることになりました。これらのことは、アレクサンドラさんにとっては、なによりもすてきなプレゼントでした。

みんなは楽しそうに、ワラのテーブルを囲《かこ》んで輪《わ》になってすわっています。プレゼントはほとんどすべて、みんなの手にわたりました。残《のこ》っているのは青い封《ふう》筒《とう》と赤いリボンで結《むす》ばれた箱《はこ》だけです。これはだれがもらうのでしょうか？　なにが入っているでしょうか？　マリーとマイケは考えていました。

マリーとマイケの視線《しせん》に気づいたパラスさんは、箱《はこ》を手にとり、ふたりにわたしました。

「はい、これは、あなたたちへのプレゼントよ。ハンスさんとわたしから」パラスさんは意味《いみ》ありげに、ウェーバー先生にほほえみました。

先生は首《くび》を横《よこ》にふりながらにこにこしています。

「このプレゼントは、わたしのアイデアではないぞ。クリスマスだからだよ。こんなことは、ふつうはゆるさない。でも、今回《こんかい》だけは特別《とくべつ》だ。これがもうほんとうに――」

先生が話しおえる前に、マリーとマイケは歓声《かんせい》をあげました。

「ニーナとニクセ！」

マリーとマイケはだきあって喜《よろこ》びました。

「ほんとうに飼《か》ってもいいいの？」

マリーは驚《おどろ》き、自信《じしん》なさそうにパパを見つめました。

「シュテファンが作《つく》ってくれた小屋《こや》〝ウサギの城《しろ》〟はまだ空《あ》いているからね！

それに、マリー、モルモットはきみだけへのプレゼントじゃないよ。マイケへのプレゼントでもあるんだ。きみたちふたりで救《すく》ったんだから、これからもふたりで世話《せわ》をしなさい。インケンとハンスさんに説得《せっとく》されたんだよ。こうするのが一《いち》番《ばん》いい方法《ほうほう》だって。この二匹《ひき》はきみたちになついているからね。これまでつらい目にあってきたんだ。これから新しい飼《か》い主《ぬし》の手にわたれば、さらにストレスをかけることになってしまう。それではかわいそうだ。それに、きみたちもモルモットに情《じょう》がうつっているからね。だけど、動物《どうぶつ》を受《う》け入れるのは、これがほんとうに最後《さいご》だ。うちではもう引《ひ》きとらないからね。これ以上《いじょう》はゆるさないぞ」

先生は断言《だんげん》すると、カップのココアをのみほしました。

マリーは、パパが笑《わら》いをこらえているのを見のがしませんでした。マリーは意《い》味《み》ありげな目でママを見ました。マリーとママにはわかっていました。先生はママやマリーの願《ねが》いごとをこばめないのです。

それから、マリーは最後《さいご》に残《のこ》ったカードを見ました。金色の文字《もじ》で書いてあります。

『マリーへ』

マリーはカードを手にとり、裏返《うらがえ》しました。そこには小さなジャック・ラッセル・テリアの雑種犬《ざっしゅけん》の写真《しゃしん》がはってありました。

『商品券《しょうひんけん》

好《す》きな動物《どうぶつ》の本を選《えら》んでね。

カールくんより』

マリーはあまりのうれしさに、目になみだをうかべました。フランクさんからのプレゼントです。犬を助《たす》けてあげたことを、こんなふうに感謝《かんしゃ》してくれるとは！　なんてすてきなプレゼントでしょう。マリーはそのとき、心《こころ》に決《き》めました。

近いうちにフランクさんとカールくんをたずねてみよう、と。はずかしくても、そうしたいと思いました。いいえ、そうしなければなりません！

　チョコチップは白黒の斑点《はんてん》もようの頭をマリーのひじの内側《うちがわ》におしつけました。いつも、眠《ねむ》くなったときや、そっとしておいてほしいときに、こんなふうにします。ミルバを見つけられなかったことで、少《すこ》しばかり責任《せきにん》を感《かん》じているのかもしれません。犬の嗅覚《きゅうかく》はすぐれているはずなのに、さがしあてられなかったからです！　チョコチップとミルバは仲《なか》よしとはいえないものの、おたがいのことをよく知っていて、慣《な》れ親《した》しんでいました。チョコチップは、フーバーさんを元気づけてあげたいと思っていたのかもしれません。そのとき、とつぜん見えない手に首輪《くびわ》をつかまれ、引《ひ》きあげられたかのように、チョコチップはマリーの手をふりほどいて立ちあがり、そわそわし始《はじ》めました。

奇妙《きみょう》な音が聞こえてきます！　ネズミの鳴《な》き声に似《に》ています。キュウキュウと高い声が聞こえてくると、ネズミだとわかっていても、チョコチップは確《たし》かめずにはいられませんでした。

犬は、家畜小屋《かちくごや》の奥《おく》にあるワラ置《お》き場《ば》に向《む》かって、いちもくさんにかけていきました。そして、一心不乱《いっしんふらん》にワラをほじくり返《かえ》しました。前足でかきだした干《ほ》し草が、四方八方《しほうはっぽう》に飛《と》びちりました。

「チョコチップ、やめなさい！　めちゃくちゃになっちゃうでしょ。かたづけるのはわたしなのよ！　さっさともどってきなさい！」マリーはしかりつけて、やめさせようとしました。

「チョコチップがおかしくなっちゃった」マイケは笑《わら》い、楽しそうにココナッツマカロンを口におしこみました。

「プレゼントの首輪《くびわ》が気に入らなかったのかも。それで暴《あば》れているんだよ！」マルクスが冗談《じょうだん》を言いました。

マイケとマルクスは顔を見合わせて、ケラケラ笑《わら》いました。マリーはほほえみました。マイケが、マルクスにふつうに接《せっ》してくれるようになったので、うれしかったのです。

チョコチップは興奮《こうふん》しすぎて自分《じぶん》の足につまずきながら、マリーのもとへ転《ころ》がりこんできました。ところがすぐに、小屋《こや》の奥《おく》へかけもどり、またもやワラのたばをかきむしっています。

そのとき、驚《おどろ》くようなことがおこり、その場《ば》にいあわせた人たちは思わず言葉《ことば》を失《うしな》いました。将来《しょうらい》、フーバーさんはこのできごとをふり返《かえ》り、『クリスマスの奇跡《きせき》』と呼《よ》びつづけるでしょう。

家畜小屋《かちくごや》の中は、しだいに静《しず》かになっていきました。馬《うま》までが食べるのをやめて通路《つうろ》をのぞいています。

はじめ、マリーは、目の前でなにがおこっているのか、よくわかりませんでした。それから少《すこ》しして、胸《むね》がおどるようにドキドキし始《はじ》めました。マリーは横目《よこめ》でフーバーさんを見ました。フーバーさんは、目になみだをうかべています。

チョコチップはワラのたばをほじくり返《かえ》し、とうとう大きな穴《あな》を開《あ》けてしまいました。するとそこから、なにもなかったかのように、ミルバが顔を出しました！　犬はとうとう猫《ねこ》をさがしあてたのです。

猫《ねこ》は、われたガラスの上を歩いているかのように、ためらいながら、フーバーさんのほうへ歩いてきました。大事《だいじ》そうに、小さな動物《どうぶつ》をくわえています。猫《ねこ》はワラの中にかくれ、そこで子猫《こねこ》を産《う》んだのです！

お母さんになったミルバは、フーバーさんの足元《あしもと》に生まれたばかりの小さな猫《ねこ》をおき、喉《のど》をゴロゴロ鳴《な》らしながらフーバーさんの手に頭をこすりつけました。

それからフーバーさんの足に背中《せなか》をこすりつけ、なでてくれと要求《ようきゅう》しました。うれしなみだを、目にいっぱいためたフーバーさんは、子猫《こねこ》をだきあげました。

子猫《こねこ》は母猫《ははねこ》とそっくりです。同じ毛並《けなみ》のミニ・ミルバです。赤茶《あかちゃ》の毛皮《けがわ》と生まれて間《ま》もない子猫《こねこ》の特徴《とくちょう》である、青い目をしたとても美《うつく》しい猫《ねこ》です。

どうしてもっと早く気がつかなかったのかしら！　マリーはそう思いました。ミルバの体が丸かったのは太ったせいではありません。妊娠《にんしん》していたのです！

フーバーさんは、ウェーバー先生から再三《さいさん》にわたり、避妊手術《ひにんしゅじゅつ》をするよう注意《ちゅうい》を受《う》けていたのに、ずっと先のばしにしていました。

フーバーさんは、ほんの少《すこ》しであっても、ミルバが痛《いた》い思いをするのにたえられなかったのです。マリーはそれを知っていました。先生がミルバに予防接種《よぼうせっしゅ》をしているときにも、当《とう》の猫《ねこ》より、フーバーさんのほうが痛《いた》そうな顔をしていました。自分《じぶん》に針《はり》がさされたように感《かん》じるのでしょう。

ミルバのおなかの中にいたのは一匹《ぴき》だけでした。そのため、ミルバの体もそれほど丸くはなりませんでした。ですからだれも、猫《ねこ》の妊娠《にんしん》に気づかなかったのです。そのときマリーは、子猫《こねこ》の父親《ちちおや》がどの猫《ねこ》なのか、あれこれ想像《そうぞう》をふくらませました。

「おお、ミルバ！　もどってきたか！　しかも、子猫《こねこ》を連《つ》れて！」

フーバーさんは感動《かんどう》のあまり、声をつまらせました。

「なんてこった。ひどく心配《しんぱい》したんだよ！　それにしても、なんてかわいい子猫《こねこ》だろう！」

フーバーさんは、みんなにほこらしげに子猫《こねこ》を見せました。みんなも幸《しあわ》せいっぱいの表情《ひょうじょう》でうなずきました。

「デルテ、怒《おこ》らないでくれ。きみの手編《てあ》みのセーターはとてもすてきだよ。でもね、今夜《こんや》もらったプレゼントの中では、この小さな命《いのち》がなによりもすてきだ。子《こ》猫《ねこ》ちゃん、お前さんはクリスマスに生まれてきたから、小さなお星さま〝シュテルンヒェン〟という名前にしよう」

フーバーさんは喜《よろこ》びに顔をかがやかせながら、生まれてまもない子猫《こねこ》にほおずりしました。「これまでの人生の中で、もっともすてきなクリスマスパーティーだ！」

マリーはほっと胸《むね》をなでおろし、目をとじました。そして、感謝《かんしゃ》の気持《きも》ちをこ

めてチョコチップをなでました。ホットココアのような、甘《あま》くて温《あたた》かい幸《しあわ》せな気分が、体全体《ぜんたい》に広がっていきます。そうです。フーバーさんの言うとおりです！マリーにとっても、今夜《こんや》は、これまでの人生《じんせい》の中でもっともすてきなクリスマスパーティーになりました！

「動物病院《どうぶつびょういん》のマリー❻」につづく

マリーのカルテ 009♥

患者《かんじゃ》さん

ニクセとニーナ

（アンゴラモルモット）

状態《じょうたい》 大雪の日、ハンス・コルマー牧場《ぼくじょう》の入り口におきざりにされた木箱《きばこ》の中で発見《はっけん》。2匹《ひき》ともひどい肺炎《はいえん》にかかっていて、体には膿《うみ》がたまっていた。

手当《てあて》 切開手術《せっかいしゅじゅつ》で膿《うみ》を取《と》りのぞいたあと、抗生物《こうせいぶっ》質《しつ》を注射《ちゅうしゃ》。傷口《きずぐち》は、化膿《かのう》をふせぐためにふさがずにそのままにする。4時間ごとに消《しょう》毒《どく》をして、保温《ほおん》ランプの下で、体を温《あたた》め、ゆっくり休ませた。

感想《かんそう》 最初《さいしょ》は人間《にんげん》を怖《こわ》がっていたけれど、フーバーさんの言《い》うとおりに、遠くからやさしく話しかけたり、ググググって鳴《な》きまねをしていたら、だんだんにマイケやわたしに慣《な》れた。今《いま》や、大切《たいせつ》なわが家《や》の一員《いん》！

マリーのカルテ 010♥

患者《かんじゃ》さん

カールくん

（ジャック・ラッセル・テリアの雑種）

状《じょう》態《たい》 氷《こおり》のはった‘魚の池’に落《お》ちて、おぼれていた。だまって見ていることなんて、もちろんできなくて、氷《こおり》の上に体を投《な》げだして救出《きゅうしゅつ》。おかげで、わたしも氷《こおり》の池でずぶぬれに。

手《て》当《あて》 冷《つめ》たい池の水にしばらくつかっていたので心配《しんぱい》だったけど、フーバーさんが特別《とくべつ》なひみつの治療《ちりょう》（長い時間をかけて体をなで、話しかけ、栄養《えいよう》たっぷりのエサをあげた）をしたので、すっかり回復《かいふく》した。

感《かん》想《そう》 池でおぼれているときは、どうなることかと思ったけれど、助《たす》かってよかった。あのときは夢中《むちゅう》で、氷《こおり》の池の冷《つめ》たさなんか感《かん》じなかった。村の人気者《もの》のカールくんが元気になって、ほんとうによかった！

訳者《やくしゃ》あとがき

『動物病院《どうぶつびょういん》のマリー』シリーズ第《だい》五巻《かん》、いかがでしたか？　モルモットをめぐる事件《じけん》の真相《しんそう》に驚《おどろ》いたのではないでしょうか。

ドイツでも、モルモットは子どもたちにとても人気のある動物《どうぶつ》です。好《す》きな動物《どうぶつ》ランキングリストを見ると、あっとう的《てき》な人気をほこるのが犬と猫《ねこ》。それからモルモットやウサギ、鳥《とり》やハムスターといった小さな動物《どうぶつ》がつづきます。

動物《どうぶつ》に対《たい》して寛大《かんだい》なドイツの人々《ひとびと》は、モルモットやウサギの飼《か》い方《かた》もユニークです。部屋《へや》の一角《いっかく》やベランダ、それに庭《にわ》などに、大きな囲《かこ》いを設置《せっち》し、小屋《こや》や木や干《ほ》し草で整《ととの》えます。フーバーさんのように大工仕事《だいくしごと》が得意《とくい》なお父さんたちの中には、本物《ほんもの》の庭《にわ》のようなりっぱな模型《もけい》の囲《かこ》いをつくってしまう人もいます。

さて、本シリーズではいつもむずかしい問題《もんだい》がとりあげられていますが、今回《こんかい》のテーマは動物実験《どうぶつじっけん》でした。

世界《せかい》では、医療技術《いりょうぎじゅつ》や薬品《やくひん》、化粧品《けしょうひん》や食品《しょくひん》といった製品開発《せいひんかいはつ》にあたり、効果《こうか》や安全《あんぜん》を確認《かくにん》するために動物実験《どうぶつじっけん》がおこなわれている事実《じじつ》があります。この実験《じっけん》はどこまで必要《ひつよう》なのでしょうか？　ヨーロッパでは、一九八〇年代《だい》に動物実験反対運動《どうぶつじっけんはんたいうんどう》がさかんになり、オランダ、ドイツ、イギリス、オーストリアなどが、自国《じこく》の法律《ほうりつ》で化粧品《けしょうひん》の動物実験《どうぶつじっけん》の禁止措置《きんしそち》をとるようになりました。

ドイツでは、まず、一九八九年からスキンケア化粧品《けしょうひん》（予防《よぼう》・防止効果《ぼうしこうか》をうたう医《い》薬部外品《やくぶがいひん》をふくむ）や洗剤《せんざい》での動物実験《どうぶつじっけん》が禁止《きんし》され、のちに口紅《くちべに》などのメイクアップ化粧品《けしょうひん》も対象《たいしょう》になりました。一方《いっぽう》で、原料《げんりょう》を開発《かいはつ》するには安全証明《あんぜんしょうめい》が義務《ぎむ》づけられています。動物実験《どうぶつじっけん》をやめるには、代《か》わりとなる実験方法《じっけんほうほう》をあみだすか、動物実験《どうぶつじっけん》の必《ひつ》要《よう》のない成分《せいぶん》だけを使用《しよう》して製造《せいぞう》するしかありませんでした。こうした活動《かつどう》に積極的《せっきょくてき》にとりくんでいるのがオーガニック（化学肥料《かがくひりょう》や農薬《のうやく》の使用《しよう》をひかえた農業生産物《のうぎょうせいさんぶつ》）の会社《かいしゃ》で、これらの会社《かいしゃ》は動物実験《どうぶつじっけん》に反対《はんたい》の声をあげるところも多いのです。

その間に、国《くに》をこえてヨーロッパ連合《れんごう》（EU《イーユー》）での法整備《ほうせいび》も進《すす》み、二〇〇四年に、

EU《イーユー》内《ない》での化粧品《けしょうひん》の動物実験《どうぶつじっけん》が禁止《きんし》されるにいたりました。そして二〇一三年三月には、原料《げんりょう》をふくむすべての製造過程《せいぞうかてい》において動物実験《どうぶつじっけん》がおこなわれた洗顔用《せんがんよう》・美容化粧品《びようけしょうひん》のEU《イーユー》内《ない》での『販売《はんばい》を禁止《きんし》』する法律《ほうりつ》が施行《しこう》されました。それにともない、日本でも動物実験《どうぶつじっけん》をやめる化粧品会社《けしょうひんがいしゃ》が出てきています。

ふだんなにげなく使《つか》っているシャンプーや石《せっ》けんなどが、どのように作《つく》られているか注意《ちゅうい》をはらってみましょう。それは、動物《どうぶつ》の犠牲《ぎせい》をへらすための第一歩《だいいっぽ》です。この行動自体《こうどうじたい》はちっぽけなものに見えるでしょう。けれども、多くの人が動物実験《どうぶつじっけん》をしていない商品《しょうひん》を意識《いしき》して選《えら》ぶようになれば、世界《せかい》が変《か》わるかもしれません。

二〇一五年二月　中村智子《なかむらともこ》

●著者紹介

タチアナ・ゲスラー

ドイツ、ハイデルベルク生まれ。ジャーナリスト。大学では経営工学を学ぶ。学生のころから地方新聞やラジオ局で研修生、コピーライターとしてメディアに携わるようになる。大学卒業後、さまざまな公営放送にて司会、ニュースキャスターを務める。2005年からは南西ドイツ放送（SWR）にて動物番組のレポーター、司会を担当するかたわら、作家としても活躍中。

●訳者紹介

中村 智子

神奈川県生まれ。ドイツ語圏の児童文学を中心に、さまざまな分野の書籍紹介にとりくんでいる。訳書に「動物と話せる少女リリアーネ」シリーズ、「フローラとパウラと妖精の森」シリーズ（学研教育出版）、「真珠のドレスとちいさなココ」「アントン──命の重さ」（いずれも主婦の友社）、「つばさをちょうだい」（フレーベル館）他。

●イラストレーター紹介

鳥羽 雨（表紙・挿絵）

大学卒業後、雑誌や書籍の表紙、挿絵などで活躍。
『パティシエ☆すばる』『怪盗パピヨン』（講談社青い鳥文庫）など。
昆虫も含め、動物全般が大好き。

■ 装丁・本文デザイン

根本 泰子

書籍デザイン、イラストレーターとして活躍中。超猫好き。

動物病院のマリー ❺
とじこめられたモルモットを助けて!

2015年5月3日　第1刷発行

著者　タチアナ・ゲスラー
訳者　中村 智子
イラスト　烏羽 雨

発行人　小袋 朋子
編集人　小方 桂子
編集企画　川口 典子　　校正　上埜 真紀子

発行所　株式会社 学研教育出版
〒141-8413 東京都品川区西五反田 2-11-8
発売元　株式会社 学研マーケティング
〒141-8415 東京都品川区西五反田 2-11-8
印刷･製本所 株式会社 リーブルテック

この本に関する各種お問い合わせ先

[電話の場合]

＊編集内容については ☎03-6431-1615(編集部直通)
＊在庫、不良品(落丁、乱丁)については ☎03-6431-1197(販売部直通)

[文書の場合]

〒141-8418 東京都品川区西五反田 2-11-8
学研お客様センター「動物病院のマリー」係
＊この本以外の学研商品に関するお問い合わせは ☎03-6431-1002(学研お客様センター)

(お客様の個人情報の取り扱いについて)
本アンケートの個人情報の取り扱いに関するお問い合せは、児童・ティーンズ事業部(Tel.03-6431-1615)までお願いいたします。当社の個人情報については、当社 HP (http://gakken-ep.co.jp/privacypolicy) をご覧ください。

© Gakken Education Publishing 2015 Printed in Japan
本書の無断転載、複製、複写(コピー)、翻訳を禁じます。
本書を代行業者等の第三者に依頼してスキャンやデジタル化することは、たとえ個人や家庭内の利用であっても、著作権法上、認められておりません。
複写(コピー)をご希望の場合は、下記までご連絡ください。
日本複製権センター ☎03-3401-2382
Ⓡ〈日本複製権センター委託出版物〉 http://www.jrrc.or.jp E-mail:jrrc_info@jrrc.or.jp

学研が発行する児童向け書籍についての新刊・詳細情報は、下記をご覧ください。
＊学研出版サイト http://hon.gakken.jp